親子晚安故事集

1

馬翠蘿

麥曉帆

利倚恩 著

新雅文化事業有限公司

www.sunya.com.hk

小朋友，這是一本有趣的晚安故事集，你可以按本書順序請爸媽給你說故事，你也可以按故事類型來挑選你想聽的故事，你更可以按故事主角來選擇故事！你今晚想聽哪個故事呢？請用手指沿線選出故事。

我想按
故事類型來選擇

我想按
故事主角來選擇

新奇的跳遠

請用智能手機掃描下面的
QR code 聆聽故事。

粵語
講故事

粵語
朗讀故事

猜測故事

聆聽故事前，請爸媽與孩子從本頁的故事名和插圖，猜一猜故事的內容：

- 你玩過跳遠嗎？跳遠是怎樣玩的？

- 新奇的跳遠和你平常玩的跳遠有什麼分別呢？

- 哪些動物報名參加這次新奇的跳遠比賽呢？誰最有機會勝出？

文：利倚恩
圖：靜宜

新奇的跳遠

一年一度的森林運動會快要舉行了。

小白兔和小袋鼠是好朋友，他們一起參加跳遠比賽。小白兔長得矮，和小松鼠、小青蛙參加初級組；小袋鼠長得高，和小鹿、小狐狸參加高級組。

運動會前一天，小白兔不小心掉到斜坡下，摔斷了腿。小白兔很不開心，她要用拐杖走路，不能參加期待已久的跳遠比賽了。

　　小袋鼠想幫小白兔完成心願，他想出一個主意，偷偷地請其他小動物幫忙。

　　第二天，所有小動物都集合在一起參加運動會，森林裏十分熱鬧。

　　小白兔拿着拐杖坐在場邊的木頭上，歎氣說：「唉！我很想參加跳遠比賽啊！」

　　這時，小袋鼠走過來對小白兔說：「我們一起跳遠吧。」
他扶起小白兔，帶她來到跳遠比賽場地。咦，為什麼小鹿和
小狐狸的肚子都綁着布袋？再看清楚，小鹿的布袋裏坐着小
松鼠，小狐狸的布袋裏坐着小青蛙啊！

　　原來，小袋鼠提議把高級組和初級組合併，讓小白兔坐
在袋子裏，和大家一起參加跳遠比賽。

　　小白兔可以跳遠
啦，她開心得拍手歡呼。

　　比賽開始了，小白兔對小袋鼠說：「加油！」
小袋鼠也說：「好，我們一齊努力！」小白兔抓緊小袋鼠
的袋口，一起望着前面。哨子聲一響，小袋鼠便全速奔跑，
然後用力跳起來。結果，他們得到第二名。

　　運動會很有趣，大家一起參加真高興呢！

理解故事

聽完故事後，請爸媽與孩子說一說有關故事的內容：

- 為什麼小白兔起初不開心呢？
- 小袋鼠想到一個怎樣的好主意？
- 哪些動物為參加新奇跳遠比賽的健兒打氣呢？
- 新奇的跳遠比賽結果是怎樣？為什麼大家都很高興呢？

知識加油站

- 袋鼠是有袋動物，袋鼠寶寶會待在袋鼠媽媽的育兒袋內喝奶、休息和睡覺。
- 袋鼠的後腿強而有力，以彈跳的方式走路。

親子談心

請爸媽與孩子談一談對本故事的一些感受和啟發：

- 你覺得小袋鼠聰明嗎？為什麼？
- 你喜歡跟小袋鼠做朋友嗎？為什麼？
- 你喜歡故事中的其他小動物嗎？為什麼？
- 你曾經關心過朋友嗎？你當時怎樣做呢？

心靈加油站

- 小袋鼠有一顆關心別人的心，懂得運用自己的聰明來幫助朋友。
- 比起比賽獲勝，大家一起參加比賽更高興。

睡前遊戲

請孩子閉上眼睛，然後爸媽用兩根手指尖，模擬小袋鼠在孩子身上彈跳。彈跳動作輕輕的、溫柔的，從手背至臉上，從腳背至臉上，來來回回。期間，請孩子別張開眼睛偷看啊！

頑皮鳥飛飛

請用智能手機掃描下面的 QR code 聆聽故事。

粵語
講故事

粵語
朗讀故事

猜測故事

聆聽故事前，請爸媽與孩子從本頁的故事名和插圖，猜一猜故事的內容：

• 為什麼屋頂上有頂帽子？是誰給戲弄了？

• 為什麼樹枝上有個鈴鐺？是誰給戲弄了？

• 小鳥飛飛幹了什麼頑皮事呢？

• 小動物會喜歡跟小鳥飛飛做朋友嗎？

文：利倚恩
圖：靜宜

頑皮鳥飛飛

小鳥飛飛很頑皮，經常捉弄村子裏的小動物。

一天早上，飛飛取走小狗的帽子，放在屋頂上。接着，飛飛又拿走小羊的鈴鐺，掛在高高的樹枝上。

小狗和小羊站在樹下，生氣地說：「飛飛，你快把帽子和鈴鐺還給我們。」

飛飛做了個鬼臉，說：「哈哈！我就是不還給你們呀！」

小狗和小羊都不會飛。他們只好拿來梯子，爬上去取回被飛飛拿走的東西。

　　一天晚上，村子裏突然颳大風，下大雨，所有小動物都趕快回家，把門和窗關起來。

　　飛飛躲在樹上的鳥巢裏，大風吹呀吹呀，「呼」的把鳥巢吹走了。飛飛掉到樹下，嚇得大哭起來。

小狗和小羊擔心飛飛，穿着雨衣來到樹下。小狗說：「飛飛，不要害怕，你來我們的家吧。」

飛飛哭着說：「我常常捉弄你們，你們為什麼還要幫我？」

小羊說：「我們是朋友，朋友要互相幫助啊！」

飛飛做錯事，朋友都原諒他，他覺得很不好意思，說：「對不起！以前是我不好，我不應該捉弄你們的。」

小狗和小羊笑着說：「不要緊。」

　　第二天，風雨停了。小狗和小羊幫飛飛蓋了一間小木屋，
他們爬上梯子，把小木屋牢牢地釘在樹上。
　　小木屋很堅固，飛飛的新家不會再被大風吹走了。

理解故事

聽完故事後，請爸媽與孩子說一說有關故事的內容：

- 屋頂上的帽子和樹枝上的鈴鐺分別屬於誰的？他們怎樣取回自己的物品？

- 吹大風、下大雨的一晚，小鳥飛飛的鳥巢怎麼了？

- 小鳥飛飛最後往哪裏避開風雨呢？

- 小鳥飛飛的新房子是怎樣的？

親子談心

請爸媽與孩子談一談對本故事的一些感受和啟發：

- 為什麼小狗和小羊被小鳥飛飛戲弄了，他們還是收留無家可歸的小鳥飛飛呢？

- 你喜歡跟小狗和小羊做朋友嗎？為什麼？

- 你曾經遇到像小鳥飛飛的朋友嗎？你當時怎樣做呢？

知識加油站

哪種鳥最會築巢？織布鳥是唯一會打結的鳥類，會用樹葉纖維、青草和嫩枝織成華麗的懸垂吊巢。織布鳥巢非常柔韌，多呈球狀，入口通道位於巢的底部。

心靈加油站

小狗和小羊有顆仁慈和寬恕的心，他們不單原諒了小鳥飛飛，還幫助他度過冷風冷雨的一夜，而且替他建造了一個牢固的家。他們真是心胸廣闊啊！

睡前遊戲

指導孩子用雙手做出小鳥手影的動作，然後關上房燈，開啟小枱燈，與孩子躺在牀上，一起做出小鳥手影的動作，透過小枱燈的光線，投射出小鳥自由自在地在空中飛翔。

羊爺爺和小羊們

請用智能手機掃描下面的 QR code 聆聽故事。

粵語
講故事

粵語
朗讀故事

猜測故事

聆聽故事前，請爸媽與孩子從本頁的故事名和插圖，猜一猜故事的內容：

• 羊爺爺和小羊們正在玩什麼遊戲呢？你玩過這種遊戲嗎？

• 羊爺爺的年紀有多大呢？他的力氣大嗎？

• 為什麼有隻小羊在取笑羊爺爺？為什麼背後的小羊們也在議論紛紛呢？

文：馬翠蘿
圖：靜宜

羊爺爺和小羊們

羊羊村有個羊爺爺，羊爺爺很喜歡羊羊村的小羊們，小羊們也很喜歡羊爺爺。

這天，小羊們去找羊爺爺玩「壞蛋狼捉小羊」的遊戲。羊爺爺個子最高，被小羊們分配排在第一當「保護羊」。羊爺爺年紀大了，跑得慢，每次都攔不住「壞蛋狼」，後面的小羊一隻隻被抓走了。遊戲結束時，羊爺爺身後一隻羊也沒有，全都被「壞蛋狼」抓光了。

小羊們埋怨着，羊爺爺老了，以後不可以讓他當「保護羊」了。

突然，「呼」的一聲，一隻動物跑到他們面前。他的耳朵尖尖、嘴巴尖尖、眼睛小小，一副兇狠的樣子。啊，原來是大灰狼！

大灰狼怪笑着：「哈哈，好多小肥羊啊，我有口福了！」

小羊們嚇壞了，眼前的不是遊戲中的「壞蛋狼」，而是一隻真的想吃羊的狼啊！

　　這時候，羊爺爺「咩」的大叫一聲，用自己的身體擋住小羊們，說：「不許傷害小羊們！」

　　大灰狼奸笑着說：「哼，你連遊戲中的『保護羊』也做不好，還有本事攔住真正的狼嗎？」

　　羊爺爺說：「廢話少說，角來了！」羊爺爺說完，用羊角對準大灰狼，箭一般衝了過去。大灰狼見到羊爺爺勇猛的樣子，嚇得扭頭就跑，一會兒就沒了蹤影。

「嚇跑大灰狼囉，羊爺爺真了不起！」小羊們一起拍手讚賞。

小羊們都覺得很奇怪，大家疑惑地問：「羊爺爺，剛才你連小羊扮的『壞蛋狼』也擋不住，為什麼反而能嚇跑真正的大灰狼呢？」

羊爺爺撓撓頭，這問題連他自己也弄不明白呢！

理解故事

聽完故事後，請爸媽與孩子說一說有關故事的內容：

- 在「壞蛋狼捉小羊」的遊戲中，羊爺爺扮演什麼角色？他能做好這個角色嗎？

- 在「壞蛋狼捉小羊」的遊戲中，小羊們輪流扮演什麼角色？他們能做好這個角色嗎？

- 大灰狼的樣子是怎樣的呢？

- 羊爺爺怎樣擊退大灰狼呢？

親子談心

請爸媽與孩子談一談對本故事的一些感受和啟發：

- 小羊們起初取笑和埋怨羊爺爺是正確的行為嗎？為什麼？

- 如果你是小羊，你會怎樣對待羊爺爺？

- 如果你在現實生活中遇到像大灰狼的壞蛋，你會怎樣做？

- 你喜歡跟長者相處嗎？你會跟他們做什麼？

知識加油站

綿羊是牛科動物，頭上長了一對尖角，尖角沒有分支，用來抵禦敵人。綿羊是羣居動物，喜歡聚集在一起。與山羊相比，綿羊的角向下彎，身上長滿豐厚的羊毛，體型也比較大。

心靈加油站

羊爺爺年紀大，力氣小；可是面對兇惡的大灰狼，他絕無畏懼，還勇猛地抵抗敵人。羊爺爺保護幼小之心，真是令人敬佩啊！

睡前遊戲

請孩子閉上眼睛，與爸媽一起想像綿羊在天上跳躍的樣子，然後一起玩「數綿羊」的遊戲。期間，請孩子別張開眼睛偷看啊！

旅行的日子

請用智能手機掃描下面的
QR code 聆聽故事。

粵語　　　粵語
講故事　　朗讀故事

猜測故事

聆聽故事前，請爸媽與孩子從本頁的故事名和插圖，猜一猜故事的內容：

- 圖畫中的時間是早上，還是晚上？手錶顯示什麼時間呢？

- 為什麼小羊沒有睡覺？小羊很是期待旅行嗎？

- 你喜歡去旅行嗎？你會像小羊般期待旅行嗎？

文：馬翠蘿
圖：美心

旅行的日子

　　今天是學校旅行的日子，牛老師約好大家上午十點在學校門口集合。

　　小羊最喜歡旅行了，他一整個晚上都睡不着，天沒亮就醒來了。牀邊放着的手錶在滴滴答答地走着，短針指着「6」字，長針指着「10」字。唉，才早上六點五十分，還有三個多小時才到集合時間呢！

　　小羊躺下又起來，躺下又起來，好不容易過了一段時間，一看手錶：短針指着「7」字，長針指着「8」字，唉，才只是七點四十分呢！還有兩個小時才到集合的時間。

　　小羊忍不住了。不行，得想個辦法，讓自己可以馬上出發去旅行！

想呀想呀，他突然喊了起來：「有辦法！」

小羊拿起手錶，把短針撥到「9」字，把長針撥到「10」字。他很高興，心想：「好了，時間已經是九點五十分了，我現在可以準備出發去集合地點了。」

他穿好衣服，戴上小手錶，背起小背包，高高興興地出門了。去到學校門口時，手錶指着十點正，時間剛剛好。

但是門口一個同學也沒有。小羊等了一會兒，不見同學到來，又等了一會兒，還是不見同學到來，連老師也沒出現。

小羊很着急，老師和同學為什麼還不來呀！

小朋友，你們想想看，這是為什麼呢？

理解故事

聽完故事後，請爸媽與孩子說一說有關故事的內容：

- 學校旅行的集合時間是何時？小羊何時已醒來？

- 小羊何時再次看看手錶上的時間？

- 小羊最後把時間調校至什麼時間？他為什麼這樣做？

- 小羊上午 10 時抵達學校了嗎？為什麼老師和同學久久還沒出現呢？

親子談心

請爸媽與孩子談一談對本故事的一些感受和啟發：

- 你平日何時上牀睡覺？你平日何時起牀？

- 你曾經像小羊般因期待某事而睡不着嗎？睡不着的時候，你會做什麼呢？

- 晚上不睡覺對身體有什麼影響？

- 早上起得晚對身體有什麼影響？

知識加油站

時間具「連續」和「持續」的特性，閱讀「指針」時鐘對孩子來說，是一件有難度的事情。所以先讓孩子學習正點和半點，其他的時間可先教孩子使用大概、接近的方式表達，例如：大概 ___ 時、___ 時多些、快 ___ 時、差一些 ___ 時等。

心靈加油站

- 早睡早起，身體健康，精神爽利。

- 守時是好品德，不守時還會浪費別人的時間呢！

睡前遊戲

預備計時器，與孩子玩感受時間長短的遊戲。先請孩子猜猜 5 秒有多長，然後使用計時器請他閉上眼睛 5 秒，時間到了才可張開眼睛。繼續這個遊戲，每次增加時間的長度，由 5 秒至 10 秒，至 20 秒……直至孩子睡着了！

蛀牙蟲的大食會

請用智能手機掃描下面的 QR code 聆聽故事。

粵語
講故事

粵語
朗讀故事

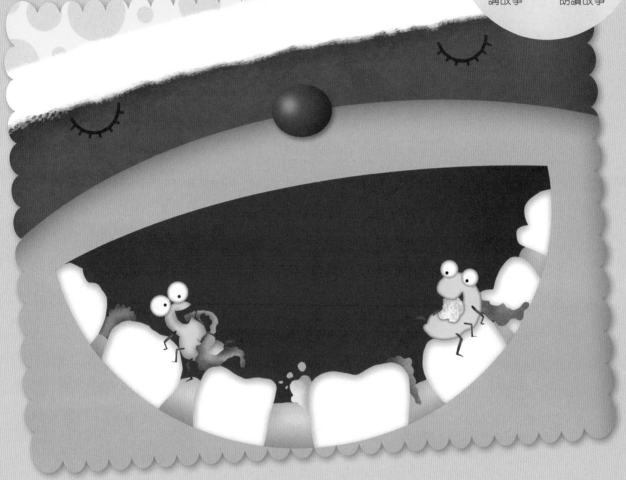

猜測故事

聆聽故事前，請爸媽與孩子從本頁的故事名和插圖，猜一猜故事的內容：

• 小熊的口裏有什麼？蛀牙蟲在小熊的口裏做什麼？

• 小熊喜歡刷牙嗎？為什麼蛀牙蟲在小熊的口裏找到這麼多食物？

• 你喜歡刷牙嗎？如果不喜歡，你口裏會有蛀牙蟲嗎？

29

文：利倚恩
圖：美心

蛀牙蟲的大食會

　　小熊最喜歡吃東西，但他卻最討厭刷牙。他覺得把牙刷放入嘴巴很不舒服，而且早上夜晚都要刷，真是太麻煩了！

　　小熊不刷牙，住在嘴巴裏的蛀牙蟲兄弟就最開心。每天，當小熊睡覺後，蛀牙蟲兄弟便會舉行大食會。牙齒上有飯粒、菜渣和肉屑，食物真豐富。兩兄弟不停地吃，吃得肚子都脹起來了。

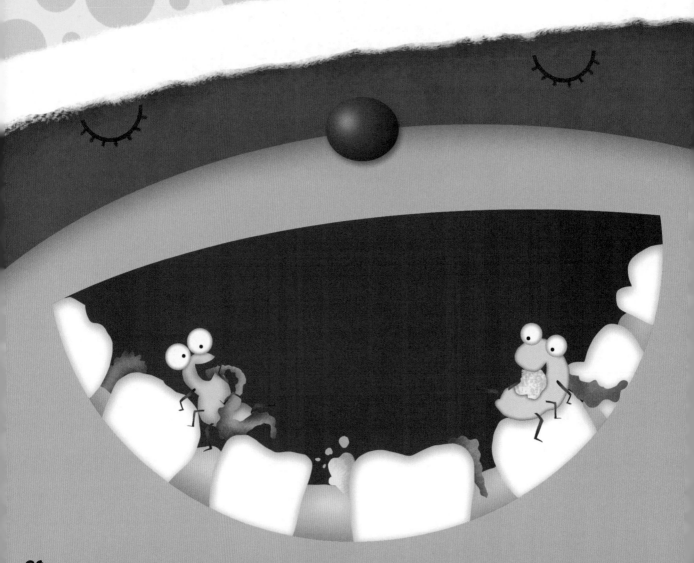

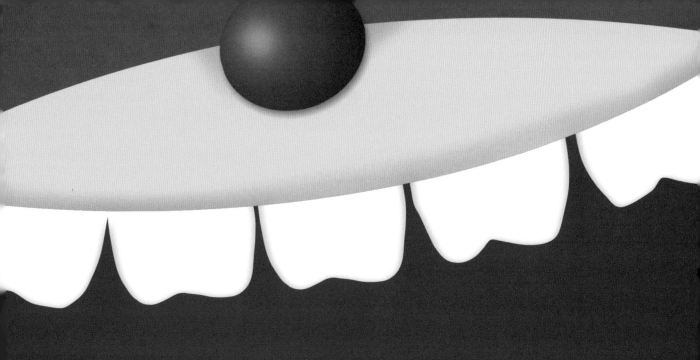

「呵⋯⋯」蛀牙蟲哥哥打了一個大呵欠。他躺在牙齒上睡覺，口水都流到牙齒上面了。

「咕嚕咕嚕⋯⋯」蛀牙蟲弟弟肚子叫，於是他走到兩隻牙齒之間排出便便。

蛀牙蟲兄弟越長越大，他們都想永遠住在小熊的嘴巴裏。

一天早上，小熊拿起軟綿綿的麵包，一口咬下去，他大叫：「哎呀，好痛呀！」糟了，小熊牙痛吃不到東西，嘴巴還發出難聞的臭味。

小熊害怕極了，忍不住哭起來。熊媽媽帶小熊到牙醫診所。熊牙醫發現小熊的牙齒很不清潔，上面還有小洞洞。

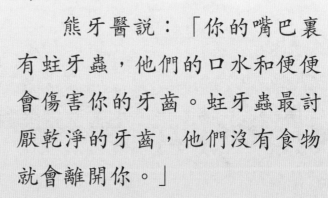

熊牙醫說：「你的嘴巴裏有蛀牙蟲，他們的口水和便便會傷害你的牙齒。蛀牙蟲最討厭乾淨的牙齒，他們沒有食物就會離開你。」

　　熊牙醫幫小熊趕走蛀牙蟲兄弟，填補好小洞洞，並且為小熊清洗牙齒。小熊的牙齒再也不痛，他又可以吃東西了。

　　現在，小熊每天早上夜晚都刷牙，牙齒又乾淨又健康，蛀牙蟲再也沒有回來找他了。

理解故事

聽完故事後，請爸媽與孩子說一說有關故事的內容：

- 蛀牙蟲兄弟的大食會上有什麼食物？這些食物從何而來？

- 蛀牙蟲兄弟的便便和口水對小熊的牙齒和口腔造成了什麼影響？

- 熊牙醫在小熊的口裏發現了什麼？

- 小熊用什麼方法趕走了蛀牙蟲兄弟？

親子談心

請爸媽與孩子談一談對本故事的一些感受和啟發：

- 你曾經試過晚上不刷牙或早上不刷牙嗎？為什麼？

- 你曾經試過牙痛嗎？牙痛時，你會怎樣做？

- 你是怎樣刷牙的？請模擬出來。

- 你曾經看過牙醫嗎？牙醫替你的牙齒做什麼？

知識加油站

孩子大約在 6 歲進入換牙期，乳齒逐一脫掉，然後長出恆齒。雖然乳齒不會陪伴我們一生，但是乳齒的健康狀況也會影響恆齒的生長。

心靈加油站

- 每天早晚刷牙，能保持牙齒清潔，口氣清新。

- 保持個人清潔是基本禮貌之一，這樣才人見人愛。

睡前遊戲

預備一支玩具牙刷，與孩子一起唸唸以下的刷牙口訣：

1. 擠一丁點牙膏在牙刷上。
2. 上上下下打圈圈，刷刷前排牙齒的外側面。
3. 上上下下打圈圈，刷刷後排牙齒的外側面。
4. 前前後後來回刷，刷刷後排牙齒的表面。
5. 前前後後來回刷，刷刷上排牙齒的內側面。
6. 前前後後來回刷，刷刷下排牙齒的內側面。
7. 含一口清水，嚕嚕嚕，沖沖口腔，吐吐吐。

水果魔術師

請用智能手機掃描下面的 QR code 聆聽故事。

粵語
講故事

粵語
朗讀故事

猜測故事

聆聽故事前，請爸媽與孩子從本頁的故事名和插圖，猜一猜故事的內容：

• 圖畫中的水果是什麼？你喜歡吃這種水果嗎？

• 為什麼水果會被毀掉呢？是誰闖了禍嗎？

• 誰是魔術師？她會將毀掉的水果變成什麼？

文：利倚恩
圖：美心

水果魔術師

　　森林裏飄來香香甜甜的味道，原來是樹上的楊桃結果了。楊桃長得又大又多，黃黃亮亮，像一顆顆小星星掛在樹上。

　　猴媽媽摘了三個楊桃，放進背包裏。她對小猴東東説：「你把這些楊桃送給貓婆婆。水果容易撞壞，你要慢慢走，不要去玩啊。」

東東最喜歡上街了，他背起背包，
點點頭說：「好，我現在就出去。」
　　在路上，東東經過很多有趣的地方。

　　樹上有樹藤，東東和小狐狸拉着樹
藤盪鞦韆。路上有水窪，東東和小青蛙
踩着水窪蹦蹦跳。草地有斜坡，東東和
小松鼠由斜坡上滑下來。東東玩得很開
心，把猴媽媽說過的話完全忘記了。

直到小動物都回家了，東東才記起要送楊桃，於是趕快跑到貓婆婆的家。他打開背包，發現楊桃全都破裂了。

　　東東後悔極了，他對貓婆婆說：「對不起！因為我貪玩，楊桃全都被我撞壞，不能吃了。」

　　貓婆婆笑瞇瞇地說：「我是水果魔術師，看我怎樣變魔法吧。」

　　貓婆婆把楊桃放在鍋子裏煮。過了一會兒，楊桃變成酸酸甜甜的果醬。貓婆婆真厲害，東東高興得大力拍手。

　　貓婆婆把果醬倒進兩個瓶子裏，把其中一瓶送給東東，叫他帶回家。

　　這次，東東沒有到處亂跑，很快便回到家裏。猴媽媽在麵包上塗滿楊桃果醬，東東覺得今天的麵包特別好吃呢。

理解故事

聽完故事後，請爸媽與孩子說一說有關故事的內容：

- 猴媽媽吩咐小猴子東東做什麼？
- 小猴子東東分別跟小狐狸、小青蛙和小松鼠玩了什麼遊戲？
- 貓婆婆施展了什麼水果魔法呢？
- 為什麼小猴子東東回家時沒有到處亂跑呢？

親子談心

請爸媽與孩子談一談對本故事的一些感受和啟發：

- 你喜歡吃楊桃嗎？你喜歡吃什麼水果？你知道家中各人喜歡吃什麼水果嗎？
- 你想到用水果製作什麼食物嗎？
- 你喜歡玩遊戲嗎？你試過因貪玩而闖禍嗎？後來發生了什麼事？
- 你有信心完成爸媽或老師交託給你的責任嗎？你會怎樣做？

睡前遊戲

預備圖畫紙和顏色筆，在圖畫紙上預先畫上5個小圓點，並標示1至5的數字。然後，指導孩子按數字的順序把小圓點連起來，從1連至5，再從5連至1，便可繪畫五角星形。請孩子在圖畫紙上繪畫更多五角星形，最後數一數有多少顆，看看今晚做夢會不會夢到這些星星。

小樹葉飛啊飛

請用智能手機掃描下面的 QR code 聆聽故事。

粵語
講故事

粵語
朗讀故事

猜測故事

聆聽故事前,請爸媽與孩子從本頁的故事名和插圖,猜一猜故事的內容:

• 小樹葉為什麼獨自飛走呢?他要到哪兒去呢?

• 小樹葉是第一次離開家園嗎?他的心情是怎樣的呢?

文：麥曉帆
圖：美心

小樹葉飛啊飛

小樹葉在樹上出生，又在樹上生活，樹就是他的家。

有一天，一陣風吹過，把小樹葉捲上了天空。

小樹葉害怕地喊着：「我要回家！我要回家！」

可是，小樹葉沒法回去了，只能隨風飄着。

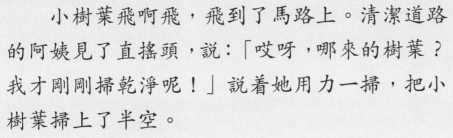

小樹葉飛啊飛，飛到了馬路上。清潔道路的阿姨見了直搖頭，説：「哎呀，哪來的樹葉？我才剛剛掃乾淨呢！」說着她用力一掃，把小樹葉掃上了半空。

小樹葉飛啊飛，飛到了球場上。足球員叔叔看見了直搖頭，説：「哎呀，哪來的樹葉？妨礙我們踢球！」說着他用力一踢，把小樹葉踢出了球場。

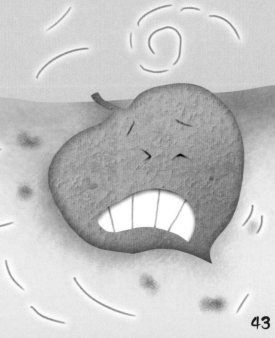

　　小樹葉飛啊飛，飛到了餐廳裏。侍應生哥哥看見了直搖頭，說：「哎呀，哪來的樹葉？把地方弄髒了！」說着他把小樹葉拾起來使勁一扔，把小樹葉扔出了門口。

　　小樹葉傷心地說：「大家都不要我，嗚嗚嗚……」

　　小樹葉繼續飛啊飛，飛到了小婷的腳下。小婷正在看書，看見小樹葉很高興，說：「哎呀，哪來的樹葉？我正好用來做書籤呢！」

　　小婷說着把小樹葉撿了起來，夾在書中間。

　　小樹葉笑了，他終於有了自己的新家。

理解故事

聽完故事後，請爸媽與孩子說一說有關故事的內容：

- 小樹葉的第一個家在哪裏？

- 小樹葉分別遇到了什麼人呢？他們喜歡小樹葉嗎？為什麼？

- 小樹葉的新家在哪裏？

親子談心

請爸媽與孩子談一談對本故事的一些感受和啟發：

- 清潔阿姨、足球員叔叔和侍應生哥哥都認為小樹葉沒有用，那你的想法又是如何？

- 你喜歡小婷嗎？為什麼？

- 小樹葉能不能一直待在第一個家呢？為什麼？

- 你離開爸媽時感到害怕嗎？你會怎樣做？

知識加油站

從樹上落下來的樹葉並不是垃圾，而是可變成滋養大地的養分呢！一起來學習大自然的生命周期，實行「環保 4R」：

- Reduce 減少使用
- Reuse 物盡其用
- Recycle 循環再用
- Replace 替代使用

心靈加油站

- 一件東西是否有用，就視乎你怎樣用它，所以下次棄置東西前，先想一想它還有沒有其他用途。

- 離開熟悉的地方時，總會感到有點不安。不過，只要給自己一點勇氣，你就會發現這個世界還有很多有趣的事情待你去發掘呢！

睡前遊戲

小朋友，故事中的小婷在看書，你也在看書啊！她有一枚小樹葉書籤，那你呢？一起與爸媽想一想可以用什麼環保材料來製作一張書籤，就好像包裝紙啦、雜誌紙啦……完成後，記着把書籤夾在這本書裏，給它一個家啊！

頑皮的風

請用智能手機掃描下面的 QR code 聆聽故事。

粵語
講故事

粵語
朗讀故事

猜測故事

聆聽故事前，請爸媽與孩子從本頁的故事名和插圖，猜一猜故事的內容：

• 風孩子做了什麼頑皮的事呢？為什麼農夫對着風孩子大叫大喊呢？

• 風是怎樣的？你怎樣知道風的存在？

文：麥曉帆
圖：美心

頑皮的風

　　從前有一個風孩子，由於年紀還小、不太懂事，常常給人們帶來麻煩。

　　風孩子來到一片田地裏，頑皮地吹呀吹，把農作物吹得東歪西倒的。農夫看見了，大聲叫道：「風孩子別吹了，這會影響我的收成呢！」

風孩子來到城市大街上，頑皮地吹呀吹，把招牌和棚架吹得搖搖欲墜的。路人看見了，大聲叫道：「風孩子別吹了，掉下來會砸傷人呢！」

風孩子來到機場旁，頑皮地吹呀吹，飛機便全部不敢起飛和降落了。飛機師看見了，大聲叫道：「風孩子別吹了，這會對乘客造成危險呢！」

風孩子感到很委屈，說：「我是風孩子啊，除了帶來風，又能做什麼呢？」

一位正在海上駕駛船隻的船長伯伯馬上說：「風孩子來幫幫我吧，我的帆船需要你才能前進呢！」

風孩子吹了幾口氣，帆船便乘風破浪而去。

一位站在樹下的老婆婆說：「風孩子來幫幫我吧，天氣太熱了，快給我搧搧風吧！」

風孩子吹了幾口氣，老婆婆頓時感覺涼快了不少。

一位發電廠工人叔叔說：「風孩子快來幫幫我吧，我們的風力發電機需要你才能發電呢！」

風孩子吹了幾口氣，讓風車呼呼直轉，把能源帶到每個人的家中。

大家紛紛為風孩子鼓起掌來，風孩子高興極了。原來，自己的能力如果用在錯誤的地方，會給人帶來麻煩；但如果能用在正確的地方，就會給人帶來歡樂呢！

知識加油站

空氣的流動形成了風，常見的風力級數如下：

- 和緩：風勢使樹葉搖動。
- 清勁：風勢使較大的樹枝或小樹開始搖動，發出嘈吵的沙沙聲響。
- 強風：達三號風球的程度。
- 烈風：達八號風球的程度。

理解故事

聽完故事後，請爸媽與孩子說一說有關故事的內容：

- 風孩子做了什麼頑皮事？
- 風孩子做了什麼好事？
- 風孩子有什麼本領？

親子談心

請爸媽與孩子談一談對本故事的一些感受和啟發：

- 你喜歡風嗎？
- 風是有本領的孩子，那你有什麼本領？
- 為什麼有些人喜歡風孩子，有些人卻不喜歡風孩子？
- 怎樣才可做一個有本領又讓人喜歡的孩子呢？

睡前遊戲

預備一張紙，與孩子一起把紙張摺疊成一把紙扇。請孩子閉上眼睛，並蓋上被子，然後爸媽用紙扇搧出微風，讓孩子在微微的風中進入夢鄉。

誰偷走了蜜糖？

請用智能手機掃描下面的 QR code 聆聽故事。

粵語
講故事

粵語
朗讀故事

猜測故事

聆聽故事前，請爸媽與孩子從本頁的故事名和插圖，猜一猜故事的內容：

• 小熊為什麼哭呢？他很喜歡蜜糖嗎？

• 小蜜蜂是來幫助小熊的嗎？他們能把蜜糖小偷找出來嗎？

文：馬翠蘿
圖：美心

誰偷走了蜜糖？

熊媽媽買回來一桶蜜糖，小熊們看着流口水，那是他們最喜歡吃的東西啊！他們對媽媽說：「媽媽，我們要吃蜜糖！我們要吃蜜糖！」

媽媽說：「這是留着聖誕節吃的。」

於是，小熊們都扳着指頭數日子，盼望聖誕節快點到來。

可是真沒想到，就在聖誕節的前一天，蜜糖不見了。

是誰偷走了蜜糖？要上哪裏把蜜糖找回來呢？小熊們想不出辦法，最小的小熊毛容容急得哭了。

一羣小蜜蜂飛過來，他們七嘴八舌地問：「毛容容，你哭什麼呀？」

　　毛容容説：「嗚嗚嗚，我們的蜜糖給偷走了！我們的聖誕大餐沒蜜糖吃了！」

　　一隻小蜜蜂説：「毛容容，你別哭，我叫上小伙伴，幫你們找回蜜糖！」

　　小蜜蜂們出動了，他們拍着小翅膀，搖着頭上兩根小觸鬚，到處飛呀飛。

　　過了一會兒，小熊們聽到隔壁傳來喊叫聲：「啊，別叮我，別叮我，我再也不敢偷蜜糖了！」

　　他們趕緊跑到隔壁，只見鄰居大黑熊雙手抱頭，哇哇大叫，一羣小蜜蜂上下飛舞着往他身上叮。大黑熊嘴上和胸前全是蜜糖，在他身邊還有一個空木桶，正是熊媽媽裝蜜糖用的木桶呢！

　　小熊們後來還是原諒了大黑熊，一來看他肯認錯，二來看到他被蜜蜂叮得渾身都是大腫包，已經得到應有的懲罰。

　　聖誕節那天，小熊們還是吃到了蜜糖，那是小蜜蜂送給他們的聖誕禮物呢！

理解故事

聽完故事後，請爸媽與孩子說一說有關故事的內容：

- 為什麼小熊們不可以立即享用蜜糖？

- 小蜜蜂們怎樣找到蜜糖小偷？蜜糖小偷有怎樣的下場？

- 蜜糖小偷把小熊們的蜜糖吃掉，那小熊們的聖誕大餐有什麼着落？

知識加油站

百花盛開之時，蜜蜂忙忙碌碌在花間採花蜜。牠們把採到的花蜜存放在「蜜胃」，回巢後反芻花蜜，然後製成蜂蜜，那就是我們常吃到的蜜糖了。

親子談心

請爸媽與孩子談一談對本故事的一些感受和啟發：

- 等待美食的滋味是怎樣的？你會怎樣做？

- 你喜歡像大黑熊般饞嘴的朋友嗎？為什麼？

- 你喜歡小蜜蜂們嗎？為什麼？

- 你可以用蜜糖做什麼食物或飲品？

心靈加油站

- 只要耐心等待，最終也能得到甜美的回報。

- 做錯事情必須真誠道歉，我們也應該有寬容的心去原諒做錯事的人。

睡前遊戲

請孩子閉上眼睛，然後爸媽用一根手指尖，模擬小蜜蜂在孩子身上釘咬。釘咬動作輕輕的、溫柔的，從手背至臉上，從腳背至臉上，來來回回。期間，請孩子別張開眼睛偷看啊！

黑色的太陽

請用智能手機掃描下面的 QR code 聆聽故事。

粵語
講故事

粵語
朗讀故事

猜測故事

聆聽故事前,請爸媽與孩子從本頁的故事名和插圖,猜一猜故事的內容:

• 平常看到的太陽是什麼顏色的?

• 為什麼太陽會變成黑色的呢?

• 為什麼小猴子的樣子這麼驚慌?他喜歡黑色的太陽嗎?

文：馬翠蘿
圖：美心

黑色的太陽

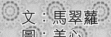

　　上畫畫課了！猴老師讓小猴子們各自畫一幅風景畫。

　　小猴子冬冬拿出他那盒漂亮的顏色筆，高高興興地畫起來。紅色的花，綠色的草，黃色的蝴蝶⋯⋯

　　坐在冬冬旁邊的夏夏也打開了顏色筆盒，卻發現裏面只有一枝黑色的顏色筆。啊，其他的顏色筆一定是被調皮的小弟弟拿去玩了。

　　夏夏對冬冬說：「冬冬，把你的顏色筆借給我用一用好嗎？我只有一枝黑色筆。」

　　冬冬不想借，說：「你用黑色筆畫風景也行啊！」

　　夏夏沒辦法，只好拿出黑色筆，畫了黑色的天，黑色的雲，黑色的太陽。

　　下課了，冬冬跑到操場上去玩，天空突然變了，天是黑的，雲是黑的，連太陽也是黑的，就像夏夏畫的那幅畫一樣。這情景真嚇人！冬冬害怕地跑回課室。

　　冬冬趕快拿出顏色筆，放在夏夏面前，說：「借給你用！」

　　夏夏高興地接過顏色筆，重新畫了一幅畫：藍藍的天空，白白的雲，紅紅的太陽……

　　冬冬突然發現課室外面變亮了。往窗外一看，啊，天空多美啊，色彩就跟夏夏的畫一樣！

理解故事

聽完故事後，請爸媽與孩子說一說有關故事的內容：

- 小猴子多多畫了一幅怎樣的畫？
- 小猴子夏夏起初畫了一幅怎樣的畫？
- 為什麼小猴子多多最後願意把顏色筆借給小猴子夏夏？
- 小猴子夏夏最後畫了一幅怎樣的畫？

親子談心

請爸媽與孩子談一談對本故事的一些感受和啟發：

- 為什麼小猴子多多起初拒絕把顏色筆借給小猴子夏夏？他這樣做對嗎？
- 你會不會把心愛的東西借給同學或朋友？為什麼？
- 你喜歡太陽嗎？你喜歡怎樣的天氣？
- 你喜歡繪畫嗎？你喜歡繪畫什麼？

知識加油站

太陽是一顆恆星，由氣體所組成，看起來像個巨型火球。太陽的光線以每秒 30 萬公里的速度照射向地球，全程只需約 8 分鐘。

心靈加油站

太陽分享了它的光和熱給我們，使大家也能得到光亮和溫暖。我們也要像太陽一樣，學會與別人分享，使自己和別人也得到快樂。

睡前遊戲

預備數張白紙、一盞小枱燈或手電筒、一盒顏色筆。關上房燈，亮起小枱燈，請孩子在白紙上塗上黑色，然後放在小枱燈的燈泡前面，看看光線有什麼變化。繼續這個遊戲，每次換上不同顏色，一起與孩子找出心中最愛的那顆太陽的顏色！

竹子的功勞

請用智能手機掃描下面的 QR code 聆聽故事。

粵語
講故事

粵語
朗讀故事

猜測故事

聆聽故事前，請爸媽與孩子從本頁的故事名和插圖，猜一猜故事的內容：

- 圖畫中的場景是什麼地方？工人叔叔在做什麼？

- 竹子有什麼用途？

文：麥曉帆
圖：美心

竹子的功勞

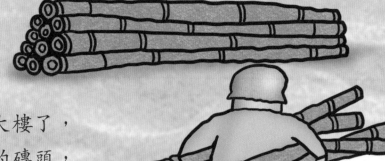

建築工人準備蓋大樓了，他們搬來了很多方方的磚頭，還搬來了許多長長的竹子。

磚頭的隊長叫方方，他看着竹子們，很不高興地說：「我真不明白，工人叔叔把這些細細長長的傢伙放在這裏幹什麼，我們磚頭才是蓋樓房的好材料啊！」

竹子的隊長叫長長，他說：

「如果沒有我們竹子的幫助，大樓又怎可能順利建起來呢？」

方方撇撇嘴說：

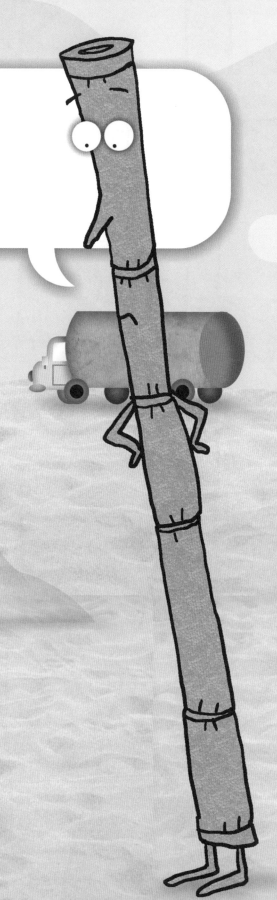

「哼，別吹牛了，蓋房子用得着竹子嗎？我還從來沒聽過呢！」

長長說：「哈哈！你沒聽過，那我就告訴你吧！工人叔叔建樓房之前，必須先搭『棚』，而搭棚所用的材料，就是我們竹子。工人們先把我們切割成需要的長度，再用結實的帶子把我們綁在一起，建起一個臨時性的工作平台，這就是『棚』。有了棚，工人才能開始建樓房。這工作平台既能讓工人蓋房子時更方便，還能保障他們的安全。可以說，我們是工人叔叔蓋房子時必不可少的好幫手呢！」

方方一邊聽一邊點頭：
「啊，聽起來，你們竹子的
功勞可真不少呢！看來我真
不可以小看你們！」

聽到方方的讚美，長長
高興地笑了，竹子們也高興
地笑了。

理解故事

聽完故事後，請爸媽與孩子說一說有關故事的內容：

- 為何磚頭隊長方方起初看不起竹子隊長長長？
- 為何磚頭隊長方方最後會稱讚竹子隊長長長？
- 竹子在建築工地上有什麼用途？

知識加油站

竹子可以用來搭「棚」，也可以用來做餐具、家具和地板等。幼嫩的竹子，如竹筍、冬筍，更可以食用。而竹子更是熊貓的主食，牠們春天吃竹筍，夏天吃竹葉，冬天吃莖，絕對是吃竹子的專家。

親子談心

請爸媽與孩子談一談對本故事的一些感受和啟發：

- 你覺得磚頭隊長方方和竹子隊長長長哪個比較能幹？
- 你有什麼長處和短處？
- 你能獨自完成所有事情嗎？你喜歡與人合作嗎？

心靈加油站

- 個人的力量或許薄弱，可是若把每個人的力量合起來卻不可小看。
- 沒有人是十全十美，也沒有人是一無是處。只要大家互相合作，就可以互補不足，完成更多的事情。

睡前遊戲

預備一些牙籤和泥膠小球，想像牙籤是故事中的竹子，泥膠小球是磚頭。請與孩子利用這兩種材料，建構堅固的房子。想一想單獨使用牙籤可以嗎？單獨使用泥膠小球可以嗎？

小猴子去露營

請用智能手機掃描下面的
QR code 聆聽故事。

粵語
講故事

粵語
朗讀故事

猜測故事

聆聽故事前，請爸媽與孩子從本頁的故事名和插圖，猜一猜故事的內容：

• 小動物們往哪兒去呢？

• 小猴子愛吃什麼？他為何把香蕉皮扔在地上？

• 誰會踩在香蕉皮上而跌倒呢？

文：馬翠蘿
圖：陳子沖

小猴子去露營

　　這天是動物學校的露營日，小動物們排着整齊的隊伍，向營地走去。

　　領隊的河馬老師一邊走一邊跟大家說：「我們要注意營地清潔，保護環境，燒烤之後不要留下火種……」

　　小動物們都聽話地點着頭。只有小猴子東張西望，一句話也沒聽進去。

　　走着走着，貪吃的小猴子從背包裏拿出一隻香蕉，吃完隨手把香蕉皮扔到地上，接着又從背包裏拿出另一隻香蕉……

　　小花狗看見了，説：「河馬老師，小猴子隨地扔香蕉皮！」

　　河馬老師説：「小猴子，香蕉皮不但影響環境清潔，還容易令遊人滑倒。你趕快撿起來，丟到垃圾箱裏！」

　　小猴子很不高興，他嘟着嘴撿起香蕉皮，扔進了垃圾箱。為了不讓別人看見，他故意落到隊伍最後，繼續吃香蕉，吃完就隨手把香蕉皮往後一扔。小猴子吃了一隻又一隻，小猴子走過的路好髒啊！

　　在營地玩得真開心，太陽快下山時，小動物們排着隊回家了。

　　小猴子想早點回家吃飯，他走在隊伍前面，走得飛快。沒想到一不小心，踩到一塊香蕉皮上，摔倒了，膝蓋擦破了一層皮。小猴子爬起來，繼續向前走，走了一會兒，又踩到了一塊香蕉皮，跌倒在地上，屁股也摔痛了。

小猴子很生氣，剛要問：「哪個垃圾蟲扔的香蕉皮？」但他馬上想起來了，這些香蕉皮正是他來的時候扔的呀！

小猴子知道自己錯了，決心改過。他一邊走，一邊把地上的垃圾撿起來扔進垃圾箱。不但撿自己扔的香蕉皮，也撿別人扔的垃圾。小猴子走過的路好乾淨啊！

理解故事

聽完故事後，請爸媽與孩子說一說有關故事的內容：

- 河馬老師吩咐小動物要注意什麼呢？
- 河馬老師怎樣教導小猴子處理香蕉皮？
- 小猴子起初排在第幾？為何他後來故意落後呢？
- 小猴子最後怎樣處理香蕉皮？

親子談心

請爸媽與孩子談一談對本故事的一些感受和啟發：

- 為何小猴子不聽從河馬老師的勸告呢？他這樣做對嗎？
- 你會怎樣處理家中的垃圾呢？你會怎樣處理街上的垃圾呢？
- 你喜歡露營嗎？你在露營時會做什麼？

知識加油站

郊野公園垃圾桶的清理次數沒有市區般頻密，遺下的垃圾不單會滋長細菌，也容易吸引猴子或野豬前來覓食，長遠影響這些野生動物的健康和習性。所以，漁護署展開了「自己垃圾自己帶走」計劃，大家要多多支持啊！

心靈加油站

- 要虛心接受長輩的教訓，不然會碰釘子。
- 公眾地方是大家的家，保持公眾地方清潔整齊是大家的責任。
- 做錯了事，就有責任要改正。

睡前遊戲

與孩子一起檢查房間，看看有沒有不整潔的地方。圖書放好了嗎？玩具放好了嗎？一起收拾東西之後，就可以好好睡覺了。

小熱心送足球

請用智能手機掃描下面的
QR code 聆聽故事。

粵語
講故事

粵語
朗讀故事

猜測故事

聆聽故事前，請爸媽與孩子從本頁的故事名和插圖，猜一猜故事的內容：

- 你踢過足球嗎？足球是怎樣玩的？

- 圖畫中的足球遊戲和你平常玩的足球遊戲有什麼分別呢？

- 小熱心是誰？他好心做了好事，還是好心做了壞事呢？

文：馬翠蘿
圖：陳子沖

小熱心送足球

　　從前有一隻乖小兔，他常常很熱心地幫助別的動物。比如說，幫兔婆婆提水，陪伴生病的貓姐姐去看醫生，幫雞妹妹趕走老鷹……所以，大家都把他叫做小熱心。

　　小熱心每天都會經過一個運動場，看見很多兔哥哥兔姐姐在跑來跑去搶一個球。小熱心心裏很不好受，這些哥哥姐姐真可憐，他們家裏一定很窮沒錢買球，才這樣搶來搶去的。不如自己買幾個球送給他們，讓他們不要再搶了。

小熱心跑回家，把自己種的白菜拿到菜市場上賣了，用賣菜的錢買了五個球，高高興興地來到運動場。那些哥哥姐姐還在圍着一個球在拚命地搶呢！小熱心大喊一聲：「別搶了，這些球送給你們！」然後把球一個一個地踢給哥哥姐姐們。

　　正在東奔西跑搶球的哥哥姐姐們馬上停了下來，一個胖哥哥生氣地對小熱心說：「小搗蛋，幹嗎來搗亂？」

小熱心聽了很委屈，他説：「我是來做好事的，怎麼説我搗亂呢？」

胖哥哥有點莫名其妙：「做好事？」

小熱心説：「當然了！我看見你們天天都在搶一個球，所以就送你們五個球，讓你們都有球玩，不用再搶來搶去。」

「啊？哈哈哈……」
所有兔哥哥兔姐姐都大笑起來。

胖哥哥說：「我們在踢足球，不是搶球。足球的踢法，就是分成兩隊，哪一隊的隊員搶到球射進對方的龍門就算勝利。」

小熱心聽了，忍不住嘻嘻地笑了起來，原來自己弄錯了呢！

哥哥姐姐們都邀請小熱心加入足球隊，小熱心高興地答應了。從此，小熱心也每天和哥哥姐姐們一起，在足球場上跑來跑去搶球呢！

理解故事

聽完故事後，請爸媽與孩子說一說有關故事的內容：

- 乖小兔為何被人稱為小熱心？
- 小熱心為什麼買 5 個足球予足球場上的哥哥姐姐呢？
- 足球場上的哥哥姐姐起初為何生小熱心的氣？
- 小熱心擺了什麼烏龍呢？

親子談心

請爸媽與孩子談一談對本故事的一些感受和啟發：

- 你喜歡和同伴們玩什麼集體遊戲或運動？
- 你喜歡小熱心嗎？為什麼？
- 你身邊有像小熱心的朋友嗎？他曾幫助過你什麼呢？
- 你願意當小熱心幫助他人嗎？為什麼？

睡前遊戲

請孩子閉上眼睛，然後爸媽用按摩球替孩子輕輕按摩腳底或身體其他部分，使他放鬆身體，輕鬆入睡。

我們都有好本領

請用智能手機掃描下面的 QR code 聆聽故事。

粵語
講故事

粵語
朗讀故事

猜測故事

聆聽故事前，請爸媽與孩子從本頁的故事名和插圖，猜一猜故事的內容：

• 你覺得小袋鼠、小狗、小紅鶴和小鴨子各有什麼好本領？

• 小熊貓有什麼好本領？為何他的樣子這麼不開心？

文：利倚恩
圖：陳子沖

我們都有好本領

　　動物學校有很多小動物，他們都有自己的本領。小袋鼠會跳遠，小紅鶴會單腳站立，小狗會搖尾巴，小鴨子會游泳。

　　班長熊貓圓圓看看自己，圓頭圓身，只會吃竹子，又笨又沒用。他心想：「我真想有他們的本領啊！」

　　圓圓學小袋鼠，這裏那裏蹦蹦跳。哎呀呀，圓圓跌在地上，雙腿很累，跳不動了！

　　圓圓學小紅鶴，用一隻腳站在地上。哎呀呀，圓圓左搖搖，右擺擺，怎麼都站不穩呢！

圓圓學小狗，尾巴一天到晚搖啊搖。哎呀呀，圓圓的尾巴太短，搖得屁股都痛呀！

圓圓學小鴨子，穿起救生圈在池塘游泳。哎呀呀，圓圓只在原來位置轉圈，游不到池塘中心呢！

每一樣本領都學不會，圓圓很不開心，歎了口氣，說道：「唉，我真是又笨又沒用啊！」

小袋鼠、小紅鶴、小狗和小鴨子知道圓圓不開心，於是來到他身邊。小袋鼠說：「我不會游泳。」小紅鶴說：「我不會搖尾巴。」小狗說：「我不會單腳站立。」小鴨子說：「我不會跳遠。」原來大家都有做不到的東西呢。

　　小動物一起說：「圓圓是班長，幫助和照顧同學，本領可強呢！」

　　圓圓又機靈又熱心。他和其他小動物一樣，都有好本領，真是太好了！

理解故事

聽完故事後，請爸媽與孩子說一說有關故事的內容：

- 小袋鼠、小狗、小紅鶴和小鴨子各有什麼好本領？

- 小熊貓為何認為自己什麼本領也沒有？

- 小動物們怎樣安慰小熊貓？

知識加油站

- 熊貓是中國的國寶，在中國的外交活動中擔當親善大使的角色。

- 熊貓屬瀕危物種，其形象於 1961 年被選為世界自然基金會的標誌。

親子談心

請爸媽與孩子談一談對本故事的一些感受和啟發：

- 你認為小動物們喜歡小熊貓嗎？為什麼他們會喜歡小熊貓？

- 你喜歡故事中哪隻小動物？為什麼？

- 你想擁有什麼好本領呢？怎樣才可以擁有這種好本領？

心靈加油站

- 各人的天賦均不同，只用好好發揮自己的天賦，那就足夠了。

- 與其跟別人比較，不如跟自己比較，努力做最好的自己。

睡前遊戲

預備一本動物圖鑑或動物圖書，一起說一說各種動物有什麼好本領。也可預備一張孩子的班級照片，請孩子說一說各位同學有什麼好本領。記着，今晚只談好本領，不談缺點啊！

三隻小雞

請用智能手機掃描下面的 QR code 聆聽故事。

粵語
講故事

粵語
朗讀故事

猜測故事

聆聽故事前，請爸媽與孩子從本頁的故事名和插圖，猜一猜故事的內容：

• 三隻小雞找到什麼呢？

• 三隻小雞會怎樣處理這些穀子呢？

文：馬翠蘿
圖：陳子沖

三隻小雞

　　從前有三隻小雞，他們分別叫做大大、中中、小小。

　　春天天氣好，三隻小雞到山上玩捉迷藏，突然，中中喊了起來：「這裏有好多穀子，快來撿呀！」

　　大大和小小趕緊跑了過去，果然見到地上有很多穀子。三隻小雞趕緊把穀子撿起來，數一數剛好三十粒。

　　三隻小雞每人分了十粒穀子。小小很快把穀子吃進肚子裏，中中用穀子跟小鴨換了一部遊戲機。大大呢，他找了一塊平整的地，把十粒穀子種在那裏。

　　大大每天去那塊地裏澆水、施肥、除草，日子一天天過去，穀子生根發芽，長出了綠綠的小苗苗。隨着大大的辛勤勞動，小苗苗一天天長大，到了秋天，大大獲得了好收成，種出了很多很多穀粒。

　　大大把穀粒送給中中和小小吃。中中和小小都很驚奇，這才知道原來十粒穀子可以種出這麼多的穀粒！

　　中中和小小都說，以後找到穀子，他們也要把它種到地裏，他們也要收穫很多很多的穀粒。

理解故事

聽完故事後，請爸媽與孩子說一說有關故事的內容：

- 三隻小雞在什麼情況下找到穀子呢？
- 小雞小小和小雞中中分別怎樣處理自己獲得的 10 粒穀子呢？
- 小雞大大是怎樣將 10 粒穀子變成很多穀粒的呢？
- 小雞大大給予小雞小小和小雞中中什麼啟發呢？

親子談心

請爸媽與孩子談一談對本故事的一些感受和啟發：

- 你認為三隻小雞的做法各有什麼好處？
- 你覺得自己比較像三隻小雞中的哪一隻？為什麼？
- 你喜歡小雞大大嗎？為什麼？

知識加油站

一粒穀子能變成一碗飯嗎？可以，一串稻穗有兩百多粒穀子，一株稻子可以有十株以上的分枝，所以一粒穀子很容易就可以生長成兩千多粒穀子。

心靈加油站

人們以前會「養兒防老，積穀防饑」，意思是「撫養兒女，以防備年老孤單；積存穀物，以防備饑荒時無糧食可吃」。不過，小雞大大的做法更積極，他想到了把穀子變多的方法，惠及小雞中中和小雞小小，更啟發了他們。

睡前遊戲

預備一個廚房抹手紙的紙筒、膠紙、白紙和米粒，利用這些材料與孩子一起自製「雨聲棒」樂器。請孩子閉上眼睛，然後爸媽搖動「雨聲棒」，讓孩子在沙沙的雨聲之中慢慢入睡。

小松鼠多多

請用智能手機掃描下面的 QR code 聆聽故事。

粵語
講故事

粵語
朗讀故事

猜測故事

聆聽故事前，請爸媽與孩子從本頁的故事名和插圖，猜一猜故事的內容：

• 圖畫中是什麼季節呢？

• 小松鼠多多在收拾什麼呢？

• 小松鼠多多為什麼要收拾這麼多松果？

文：馬翠蘿
圖：陳子沖

小松鼠多多

　　樹林裏有一隻小松鼠，他的名字叫多多。

　　多多是個勤力又節儉的孩子，他每天都花很多時間找食物，找來的食物也不會全部吃光，而是把一部分藏起來。

多多有個鄰居花栗鼠，大家都叫她花花。花花看到多多總是把食物藏起來，就說：「多多真是個小氣鬼！」

多多聽了也不生氣，只是繼續做自己覺得該做的事。

　　冬天到了，天氣很寒冷，還經常下大雪，大地一片白茫茫的，食物越來越難找了。這天晚上，花花正在家裏發愁，因為她今天一整天都沒吃東西呢！突然有人敲門，她打開門一看，原來是小松鼠多多。多多送給花花一袋松果，花花又驚又喜，說：「多多，你真了不起，大家都找不到吃的，為什麼你還有食物可以送人呢？」

　　多多說：「這就是儲蓄的好處。我每天都把找到的食物留下一點，儲藏起來。這樣到了冬天，我就可以有充足的食物，不用挨餓了。」

　　花花點點頭，說：「原來是這樣。我之前還說你是個小氣鬼呢！以後我也要和你一樣，養成儲蓄的習慣，讓自己的生活過得更好。」

理解故事

聽完故事後，請爸媽與孩子說一說有關故事的內容：

- 小松鼠多多怎麼分配日常的食物呢？
- 為什麼花栗鼠花花起初以為小松鼠多多是小氣鬼呢？
- 小松鼠多多為什麼在冬天也有足夠的食物呢？
- 小松鼠多多給予花栗鼠花花什麼啟發呢？

知識加油站

花栗鼠屬於松鼠科，習性與松鼠大致相同，不過花栗鼠通常在地面活動。牠們的食物以各種堅果和核果為主，但也吃蔬菜和水果。

親子談心

請爸媽與孩子談一談對本故事的一些感受和啟發：

- 你覺得自己比較像小松鼠多多，還是花栗鼠花花呢？為什麼？
- 你喜歡小松鼠多多嗎？為什麼？
- 你有零用錢嗎？你會怎樣處理零用錢和其他金錢（例如：利是錢）？

心靈加油站

- 小松鼠多多為了保障自己和朋友在冬天時有東西吃，平日積穀防饑，他真是用心良苦。
- 除了儲蓄食物，我們還可以儲蓄金錢、知識……你還想到其他嗎？

睡前遊戲

如果孩子有儲蓄的習慣，爸媽可與孩子數一數存款有多少。如果孩子還沒有儲蓄的習慣，爸媽可與孩子數一數硬幣，讓孩子明白儲蓄有「積少成多」的效果。

薯片樹

請用智能手機掃描下面的 QR code 聆聽故事。

粵語
講故事

粵語
朗讀故事

猜測故事

聆聽故事前,請爸媽與孩子從本頁的故事名和插圖,猜一猜故事的內容:

• 小豬喜歡吃什麼食物?他想種出什麼食物呢?

• 小豬有可能種出薯片樹嗎?

文：利倚恩
圖：陳子沖

薯片樹

　　小豬學校有很多活潑的、胖胖的小豬，只有一隻小豬又矮小又瘦弱，大家都叫他「豆釘豬」。

　　學校的營養午餐有米飯、鮮肉、蔬菜和水果，豆釘豬討厭午餐的味道，他只喜歡吃薯片。他心裏想：「真希望可以天天吃薯片啊。」

豆釘豬記得把西瓜籽埋在泥土，就會長出西瓜。於是他把一片薯片埋在屋前的泥土裏，然後在上面澆水。他對泥土裏的薯片說：「你要長出很多很多薯片啊！」

　　第二天，屋前長出一棵樹，樹葉都是薯片。豆釘豬很高興地說：「我有一棵薯片樹了！」他快快摘了一片吃，香香脆脆，很好吃啊！

　　豆釘豬摘下所有樹葉薯片，放進書包帶回學校。午飯時間，所有小豬都吃營養午餐。豬老師說：「我們要吃不同食物，吸收不同營養，身體才會健康。」豆釘豬不聽話，他只吃薯片。

晚上，豆釘豬為薯片樹澆水，第二天又長出新薯片，他吃了很多很多薯片呢！

哎呀！豆釘豬的喉嚨很痛，還全身無力，他生病了！豬老師說他是營養不良，要吃營養食物才能康復。

豆釘豬後悔極了，知道自己不應該偏食，只吃薯片。豆釘豬乖乖的和其他小豬一起吃營養午餐，他長高了，身體也變得強壯了。

理解故事

聽完故事後，請爸媽與孩子說一說有關故事的內容：

- 小豬為何被稱為「豆釘豬」？
- 學校提供了怎樣的營養午餐？
- 豆釘豬怎樣種出薯片樹？
- 豆釘豬為何最後愛上了營養午餐？

知識加油站

按照「321」的秘訣，就可以每餐吃到營養餐。把餐碟平均分為 6 格：穀物類佔 3 格；蔬菜類佔 2 格；肉、魚、蛋及代替品佔 1 格。

親子談心

請爸媽與孩子談一談對本故事的一些感受和啟發：

- 你喜歡做班中的「豆釘豬」嗎？為什麼？
- 你試過因吃太多零食而生病嗎？當時的情況是怎樣的？
- 你知道哪些食物對身體有益嗎？你喜歡吃什麼有益的食物？

心靈加油站

- 均衡飲食，能使身體快高長大，頭腦靈活，整個人充滿活力，學習和做事更有效率。
- 零食可吃，不過少吃才多滋味啊！

睡前遊戲

預備圖畫紙和顏色筆，與孩子一起設計一些營養餐。設計餐單時，請包含五種基本食物種類：穀物類；水果類；蔬菜類；肉、魚、蛋及代替品；奶類及代替品。

半碗飯和一袋米

請用智能手機掃描下面的 QR code 聆聽故事。

粵語
講故事

粵語
朗讀故事

猜測故事

聆聽故事前，請爸媽與孩子從本頁的故事名和插圖，猜一猜故事的內容：

• 小朋友手上拿着一袋垃圾，裏面有什麼呢？

• 媽媽手上拿着什麼？為何小朋友的表情這樣詫異？

文：麥曉帆
圖：陳子沖

半碗飯和一袋米

　　小志是個乖孩子，他每天都會準時做功課，還會幫媽媽做家務，例如掃地呀、倒垃圾呀……不過，他有一個壞習慣，就是吃飯時總會剩下半碗飯。

　　看，這天晚上，他又是吃了半碗飯就把碗放下了，摸着肚子說：「好飽好飽！」

　　「小志，你怎麼又吃剩飯了？」媽媽說，「這樣好浪費哦！」

　　「不過是浪費幾口飯而已，」小志回答，「沒什麼大不了的。」

　　媽媽聽了直搖頭。

　　兩個月後的一天晚上，小志又準備幫媽媽倒垃圾，沒想到媽媽卻把一袋未開封的白米交給他。

　　媽媽說：「小志，你能幫我丟掉它嗎？」

　　小志奇怪地問：「為什麼把這麼大的一袋米丟掉？」

　　「因為我們吃不完，所以要丟掉。」媽媽回答。

　　「這樣太浪費了！」小志說。

　　「不浪費！你每天吃剩半碗飯，兩個月也等於這袋米的分量。」媽媽說，「丟掉這袋米，就等於每天浪費幾口飯而已，沒什麼大不了的。」

　　小志聽後，終於明白媽媽的言外之意，慚愧地低下了頭。

　　「對不起，媽媽，我以後再也不會隨便浪費食物了。」小志不好意思地說。

　　媽媽看着小志，欣慰地笑了起來。

理解故事

聽完故事後，請爸媽與孩子說一說有關故事的內容：

- 小志有什麼好習慣和壞習慣？
- 小志為何認為吃剩半碗飯沒什麼大不了？
- 媽媽為何要求小志丟掉一袋米？

親子談心

請爸媽與孩子談一談對本故事的一些感受和啟發：

- 你認為自己有良好的飲食習慣嗎？為什麼？
- 你曾經試過吃剩食物嗎？為什麼？
- 你以後會怎樣珍惜食物？

睡前遊戲

預備數張圖畫紙和顏色筆，請孩子想一想本星期吃剩了什麼食物，然後在圖畫紙上繪畫出來。完成後，與孩子看看總共浪費了多少食物，以及想一想這些食物原來可為多少貧窮的人提供膳食。

我家的笨笨

請用智能手機掃描下面的 QR code 聆聽故事。

粵語
講故事

粵語
朗讀故事

猜測故事

聆聽故事前，請爸媽與孩子從本頁的故事名和插圖，猜一猜故事的內容：

- 誰是笨笨？

- 為何小狗被稱為「笨笨」？

- 圖中的小朋友喜歡小狗嗎？他會跟小狗做什麼？

文：麥曉帆
圖：陳子沖

我家的笨笨

　　小林家裏養了一隻小白狗。小白狗個子小小的，吃東西的時候，總是弄得臉上很髒很髒；跟隔壁的小黃狗玩「拾物遊戲」時，又跑不過人家；見到陌生人時，叫聲小小的，一點也不威風。所以小林給牠起了個名字，把牠叫做「笨笨」。

　　一天下午，小林放學回家，跟笨笨在門口玩。一隻漂
亮的蝴蝶飛過，小林忍不住追了上去，希望把牠捉住帶回
家。跑啊跑，不知道跑了多遠的路，等到小林發現周圍環
境很陌生時，才發現已經離家很遠了。

回家的路在哪裏？小林「哇」地一聲哭了起來，邊哭邊叫着：「媽媽！我要媽媽！」

這時候，一隻小白狗跑到小林身邊，朝他「汪汪」叫了兩聲。原來是笨笨！原來牠一直跟在小林後面呢！

　　笨笨用嘴巴叼着小林的衣服，
拉着小林往前走去。走過幾條大街，穿
過一個公園，又再拐了幾個彎，小林高興地
發現，他的家竟然就在眼前。原來笨笨認得回家的
路，把小林平安地帶回來了。

　　從此之後，小林把小白狗當成了自己的好朋友，小
林把小白狗的名字改成「聰聰」，因為牠不但不笨，而
且很聰明呢！

理解故事

聽完故事後，請爸媽與孩子說一說有關故事的內容：

- 為什麼小白狗起初被稱為「笨笨」？
- 小林是怎樣迷路的呢？
- 小白狗怎樣帶領小林回家？
- 為什麼小白狗最後被改名為「聰聰」？

親子談心

請爸媽與孩子談一談對本故事的一些感受和啟發：

- 如果你是小白狗，你會喜歡「笨笨」這個名字嗎？
- 你喜歡小動物嗎？你喜歡什麼小動物？
- 你會怎樣照顧小動物以及和小動物玩？

睡前遊戲

請孩子閉上眼睛，模擬一隻小狗在睡覺，然後爸媽用手模模孩子的頭髮、鼻子、肚子，哄哄這隻「寶貝小狗」睡覺吧！

不用遵守規則
的博物館

請用智能手機掃描下面的
QR code 聆聽故事。

粵語
講故事

粵語
朗讀故事

猜測故事

聆聽故事前，請爸媽與孩子從本頁的故事名和插圖，猜一猜故事的內容：

• 圖畫中的場所是什麼地方？

• 小朋友們在這個地方做什麼？會發生意外嗎？

文：麥曉帆
圖：陳子沖

不用遵守規則的博物館

　　小強今天好高興，因為老師帶他和班裏的小朋友去參觀博物館呢！

　　巴士「砵砵砵」地叫着，朝博物館駛去。老師抓緊時間，叮囑小朋友參觀時要守規矩，不要高聲説話，不要奔跑追逐……

　　小強最討厭的就是守規矩了，他心想：「為什麼不可以想做什麼就做什麼呢？我不聽，就是不聽！」他乾脆閉上眼睛睡覺。

巴士終於到了博物館。咦？真想不到，這竟然是一個不用遵守規則的博物館！瞧，就連門口也貼了一張告示，寫着：「本博物館不用守規矩」。

哈哈，真是太好了！小強高興地跑進博物館。沒走幾步，他便被幾個跑來跑去、打打鬧鬧的同學撞倒了。小強生氣地想，怎麼可以這樣呢！

　　小強開始認真地看展品，但附近幾個小朋友卻在吵吵嚷嚷，大聲説話。小強生氣地想，怎麼可以這樣呢！

　　小強去參觀古代兵馬坑，一些小朋友把這裏當成是垃圾場，什麼汽水罐、糖果包裝紙都往裏面扔，那些用泥做的好看的馬兒，已快被垃圾淹沒了，只露出一個腦袋。小強生氣地想，怎麼可以這樣呢！

　　小強接着來到恐龍展區，沒想到那裏已經關閉了，因為一些小朋友喜歡用手去觸摸展品，結果把恐龍模型全弄壞了……

　　小強很懊惱，這叫人怎麼參觀啊！

　　這時候，巴士「砵砵」叫了兩聲，把小強吵醒了。小強發現自己還坐在巴士上，原來他剛才只是做夢！

　　小強終於明白遵守規則的重要了。

理解故事

聽完故事後，請爸媽與孩子說一說有關故事的內容：

- 老師吩咐小朋友在博物館時要怎樣呢？
- 小強為何起初不喜歡遵守規則呢？
- 小強在博物館有哪些不好的經驗？
- 小強為何最後明白遵守規則的重要性？

親子談心

請爸媽與孩子談一談對本故事的一些感受和啟發：

- 你認同小強「想做什麼就做什麼」的想法嗎？為什麼？
- 如果學校沒有規則要遵守，有什麼好處，又有什麼壞處呢？
- 你試過不遵守規則嗎？結果發生了什麼事？

睡前遊戲

　　一起與孩子瀏覽「香港公共博物館」的網站，看看近期有沒有一些有趣的展覽，然後一起計劃參觀的行程。「香港公共博物館」的網址如下：

http://www.museums.gov.hk/zh_TW/web/portal/what-s-on.html

和小河馬一起玩

請用智能手機掃描下面的
QR code 聆聽故事。

粵語
講故事

粵語
朗讀故事

猜測故事

聆聽故事前,請爸媽與孩子從本頁的故事名和插圖,猜一猜故事的內容:

• 公園裏有什麼動物?他們在做什麼?

• 公園裏有哪些遊戲設施?你喜歡玩哪種遊戲設施?

• 小河馬在哪裏?小動物們會和小河馬分享這些遊戲設施嗎?

文：利倚恩
圖：麻生圭

和小河馬一起玩

公園裏有很多好玩的遊樂設施，小貓溜滑梯，小狗盪鞦韆，小猴坐蹺蹺板，小羊玩攀爬架。小動物都玩得很開心，公園裏充滿歡樂的笑聲。

小河馬也想和大家一起玩。他走上梯級，想要溜滑梯。「嘭！嘭！嘭！」小河馬體型巨大，每走一步都很大聲，小貓嚇得立刻跑開了。

小河馬又去盪鞦韆。可是他盪得太高，颳起了大風，在他旁邊盪鞦韆的小狗抓不牢鏈條，被大風吹下來了。

小動物都說：「小河馬很粗魯，是壞孩子，我們不要和他玩了。」

第二天，小河馬再去公園，小貓和小狗正在玩捉迷藏。小貓奔跑時不小心跌倒，她的膝蓋擦傷了，痛得哇哇大哭。小河馬走過來，在小貓的傷口上貼膠布，還安慰她說：「貼了膠布就不痛啦。」

小貓對小河馬說：「謝謝你！」

小羊聽到小貓哭，便從攀爬架的欄杆伸出頭來看看。誰料頭被欄杆卡住，沒法縮回去。他大驚，喊道：「救我出來呀！」

小河馬力氣大，他拉開兩根欄杆，救出了小羊。

小羊對小河馬說：「謝謝你！」

原來，小河馬心地善良，還會幫助有困難的小動物呢！

小貓和小羊拉着小河馬的手，對他說：「對不起！我們誤會了你，我們一起玩吧。」

小河馬笑着說：「好啊！」

公園裏又再充滿歡樂的笑聲了。

理解故事

聽完故事後，請爸媽與孩子說一說有關故事的內容：

- 小動物們分別喜歡玩什麼遊戲設施？
- 小動物們為何起初認為小河馬是壞孩子呢？
- 小河馬如何幫助小貓和小羊呢？
- 小動物們為何最後跟小河馬一起玩耍呢？

親子談心

請爸媽與孩子談一談對本故事的一些感受和啟發：

- 你喜歡小河馬嗎？為什麼？
- 如果你是小河馬，你會怎樣幫助小貓和小羊呢？
- 你知道怎樣安全地使用公園裏的遊戲設施呢？
- 你曾經在公園跌倒或受傷嗎？當時的情況是怎樣的？

睡前遊戲

與孩子一起瀏覽「康樂及文化事務署」的網站，看看家居附近有沒有一些有特色的公園，然後一起計劃遊玩的行程。「康樂及文化事務署」的網址如下：

http://www.lcsd.gov.hk/tc/facilities/facilitieslist/parks.html

知識加油站

香港有許多具特色的公園，例如：

- 馬鞍山公園設有迷宮式設計的花園。
- 蒲崗村道公園設有可再生能源區。
- 蝴蝶谷道寵物公園設有寵物遊戲設施。
- 佐敦谷公園設有遙控模型車場。

心靈加油站

- 在公園玩耍時，要注意個人安全，也要顧及其他人的安全。
- 不要以貌取人，要認真了解後才作判斷啊！
- 助人為快樂之本，你快樂，我快樂，大家都快樂。

小猴子過河

請用智能手機掃描下面的 QR code 聆聽故事。

粵語
講故事

粵語
朗讀故事

猜測故事

聆聽故事前,請爸媽與孩子從本頁的故事名和插圖,猜一猜故事的內容:

• 小動物們在玩什麼?

• 小猴子的樣子開心嗎?他可以怎樣過河呢?

• 圖中的河裏有什麼呢?你去過河邊嗎?河水是怎樣的?

文：馬翠蘿
圖：麻生圭

小猴子過河

　　小猴子每天經過河邊，都看見河對面有一羣小動物
在玩遊戲，捉迷藏、老鷹捉小雞、跳橡皮筋，快活極了。
　　小猴子很想跟他們一塊兒玩，但是他不會游
泳，怎麼過河呢？

　　小猴子隔壁住着猴伯伯，猴伯伯每天一早便撐着船，把桃子運到河對面售賣。小猴子想，不如讓猴伯伯載自己過河去！

　　這天一早，小猴子便跑到河邊，對準備開船的猴伯伯說：「喂，我要坐你的船過河！」

　　猴伯伯看也不看他，自己一個撐船過河去了。小猴子很生氣，心想：這老猴子太自私了！

第二天一早，小猴子又跑到河邊，對猴伯伯說：「喂，你耳朵聾了嗎？我想坐你的船過河去！」

　　猴伯伯還是沒理他，自顧自的撐船過河去了。小猴子很惱火，心想：這老猴子太沒有愛心了！

　　羊媽媽看見了，說：「小猴子，只要你說話時注意禮貌，猴伯伯一定會載你過河的。」

　　小猴子聽了半信半疑的，但還是決定試試。

第三天早上，小猴子又來到河邊，他很有禮貌地對猴伯伯說：「猴伯伯，早上好！我想到河對面玩，您可以帶我過去嗎？」

猴伯伯看了他一眼，臉上露出了笑容：「上船吧，伯伯帶你過去！」

「謝謝伯伯！」小猴子高高興興地上船了。

理解故事

聽完故事後，請爸媽與孩子說一說有關故事的內容：

- 小動物們在河對岸玩過什麼遊戲？
- 為什麼小猴子認為猴伯伯自私？
- 為什麼猴伯伯起初沒有理會小猴子的要求？
- 小猴子從羊媽媽身上學會了什麼？

親子談心

請爸媽與孩子談一談對本故事的一些感受和啟發：

- 你喜歡跟小猴子做朋友嗎？為什麼？
- 你遇過沒有禮貌的同學或朋友嗎？你會怎樣與他們相處？
- 你是一個有禮貌的孩子嗎？你會做哪些有禮貌的事？

睡前遊戲

預備數張白卡紙和顏色筆，與孩子一起討論各種處境下會說什麼有禮貌的話，然後把這些有禮貌的話寫在卡紙上，並張貼在牆上，以提醒家中各人要在適當的時候說有禮貌的話。例子：早安、午安、晚安、你好、請、謝謝你、不客氣、對不起……

過河記

請用智能手機掃描下面的 QR code 聆聽故事。

粵語
講故事

粵語
朗讀故事

猜測故事

聆聽故事前，請爸媽與孩子從本頁的故事名和插圖，猜一猜故事的內容：

- 圖畫中有什麼動物呢？圖畫中有什麼物件呢？

- 動物們在哪裏？他們發生了什麼意外？

- 一般的船是怎樣的呢？小動物的船是怎樣的呢？

文：馬翠蘿
圖：伍中仁

過河記

　　小螞蟻要過河，他找來了一片樹葉往水裏一扔，樹葉在水上漂呀漂，成了一隻樹葉船。小螞蟻爬到樹葉船上，用小樹枝一划一划的，啊，樹葉船往對岸駛去了。

小老鼠要過河，他把吃完的半個西瓜皮往水裏一扔，西瓜皮在水上漂呀漂，成了一隻西瓜船。小老鼠爬到西瓜船上，用小棍子一划一划的，啊，西瓜船往對岸駛去了。

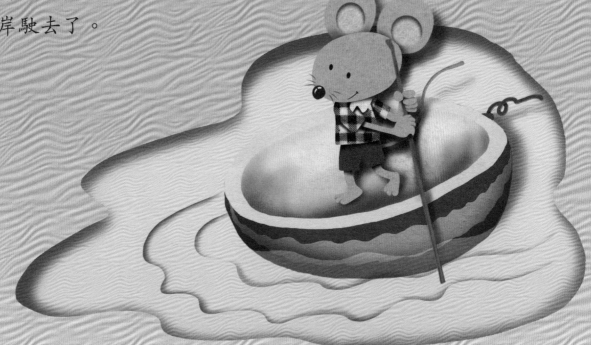

　　小兔子要過河，她把媽媽的洗衣盆推到水裏，洗衣盆在水上漂呀漂，成了一隻木盆船。小兔子爬到木盆船上，用小手掌一划一划的，啊，木盆船往對岸駛去了。

河邊的小青蛙打了個小小的噴嚏，把小螞蟻的樹葉船吹翻了，小螞蟻掉到河裏去了；河上翻起了一個小小的浪，把小老鼠的西瓜船打翻了，小老鼠掉到水裏去了；河上颳起了一陣小小的風，把小兔子的木盆船颳倒了，小兔子掉到水裏去了。

一隻小帆船駛過來，船上的小猴子把小螞蟻、小老鼠和小兔子都救了起來。

小帆船航行得又快又穩，把小猴子、小螞蟻、小老鼠和小兔子安全地送到了對岸。

理解故事

聽完故事後，請爸媽與孩子說一說有關故事的內容：

- 小螞蟻、小老鼠和小兔子分別用什麼來做船和槳？

- 為何小螞蟻、小老鼠和小兔子的船會逐一被打翻呢？發生了什麼事？

- 小猴子的船是怎樣的？跟動物們的船有什麼不同？

親子談心

請爸媽與孩子談一談對本故事的一些感受和啟發：

- 你喜歡哪隻小動物的船？為什麼？

- 如果你是小螞蟻／小老鼠／小兔子，你會怎樣改良自己的船？

- 你喜歡坐船嗎？你乘搭過什麼船呢？

知識加油站

渡輪是香港常見的交通工具之一，乘搭渡輪時須注意以下安全事項：

- 上落渡輪時，留意及小心吊板的移動。

- 不可將身體或手臂伸出船外。

- 留意船上救生衣的存放位置及逃生路線。

- 當船未停泊時，切勿離開座位，並要緊握扶手。

心靈加油站

- 水的變化可以很急、很大，所以欺山莫欺水，要留意水上安全啊！

- 小猴子會注意水上安全，又會幫助別人，是我們的好榜樣。

睡前遊戲

請爸媽與孩子一起玩搖搖船的模擬遊戲：媽媽扮演一艘船，抱着孩子坐在牀上；爸爸扮演風的角色。爸爸吹出不同程度的風，由強風至弱風，媽媽按風的強弱強烈地至微微地左右搖擺，就這樣慢慢地讓孩子在搖搖船上進入夢鄉。

神奇的彩蛋

請用智能手機掃描下面的 QR code 聆聽故事。

粵語
講故事

粵語
朗讀故事

猜測故事

聆聽故事前，請爸媽與孩子從本頁的故事名和插圖，猜一猜故事的內容：

• 窗戶前面的 3 隻小動物是什麼？他們在做什麼？

• 誰是這房子的主人？他在家裏做什麼？

文：利倚恩
圖：伍中仁

神奇的彩蛋

　　每年復活節，森林裏的小白兔都在蛋殼上繪畫彩色的圖案，蛋殼五顏六色，彩蛋好漂亮啊！

　　一隻彩蛋代表一個祝福。小白兔畫了很多彩蛋，他們把彩蛋藏在森林的樹下和草地，留待其他小動物來尋找。

倉鼠三兄弟都找到彩蛋，拿到了祝福。他們聽其他小動物說，小小熊患上感冒，要留在家中休息，不能外出找彩蛋。

　　倉鼠弟弟很擔心小小熊，對大哥和二哥說：「我想把自己的彩蛋送給小小熊。」兩個哥哥都說：「好啊！」他們拿着三隻彩蛋去小小熊的家，可是一不小心，在路上被石頭絆倒了。

糟了，三隻彩蛋都打破了，
送什麼禮物給小小熊呀？倉鼠大哥很
聰明，小腦袋動一動，想到一個好方法。
「叩叩叩！」小小熊聽到敲打窗戶
的聲音，於是走到窗前。「咦，為什麼有
彩蛋？」窗外沒有小動物，窗邊卻有三隻
色彩繽紛的彩蛋。

　　小小熊伸出手指一碰，彩蛋軟軟的，還彈了起來，原來是小倉鼠呀！他們一起說：「祝你早日康復！」原來，倉鼠三兄弟在身上塗上顏色，蜷曲身體變成彩蛋，給小小熊一個大驚喜呀！

　　小小熊有三隻又漂亮
又特別的彩蛋，他大聲
說：「謝謝大家！」
還高興得把倉鼠
三兄弟緊緊
抱在懷裏
呢！

倉鼠能用頰囊收藏食物，由於牠們的外形可愛，是常見的寵物之一。倉鼠是雜食性動作，喜歡在晚上活動。牠們需要鑽挖築巢，造一個可以匿藏自己的窩。

理解故事

聽完故事後，請爸媽與孩子說一說有關故事的內容：

- 為什麼小白兔在蛋殼上繪畫了彩色的圖案？
- 為什麼小小熊沒有參加尋蛋遊戲？
- 送給小小熊的蛋被打破了，倉鼠大哥想到什麼辦法補救呢？
- 倉鼠三兄弟送給小小熊什麼祝福呢？

親子談心

別人生病時，給他送上小小的祝福，就是最好的禮物。

請爸媽與孩子談一談對本故事的一些感受和啟發：

- 你喜歡倉鼠三兄弟嗎？為什麼？
- 如果你是小小熊，你會怎樣謝謝倉鼠三兄弟？
- 你玩過尋蛋遊戲嗎？是怎樣玩的呢？
- 你在復活節會做什麼？

睡前遊戲

預備數顆藏有字條的玩具蛋，並收藏在孩子的被窩裏，然後請孩子鑽進被窩中找出這些蛋，看看蛋內收藏了什麼秘密。爸媽可在字條上寫上一些溫暖的話語，例如：爸媽很愛你、你是爸媽的寶貝、愛你一輩子……

小信鴿救毛毛

請用智能手機掃描下面的 QR code 聆聽故事。

粵語
講故事

粵語
朗讀故事

猜測故事

聆聽故事前，請爸媽與孩子從本頁的故事名和插圖，猜一猜故事的內容：

- 小信鴿在做什麼？他為何咬小熊的耳朵？

- 毛毛是誰呢？他在哪裏呢？

- 你在公園見過鴿子嗎？牠們是怎樣的？

文：馬翠蘿
圖：靜宜

小信鴿救毛毛

　　小熊毛毛出門去登山，住在屋頂的小信鴿看見了，說：「我也去！我也去！」

　　毛毛說：「好啊，歡迎你！」

　　毛毛走啊走，小信鴿飛啊飛，山上的空氣真新鮮啊，山上的風景真美啊，他們都開心極了。

　　毛毛只顧東張西望的看風景，不知不覺
走了很遠很遠，正想尋找回家的路時，卻不
小心滑了一跤，掉到山崖下面了。

　　小信鴿找啊找，找了很久，終於在山崖
下面的草叢裏找到了毛毛。毛毛抱着腳在哭：
「我的腳扭傷了，好痛！」

小信鴿説：「毛毛別哭，我馬上救你上去！」

小信鴿用嘴巴叼着毛毛的耳朵，想把他叼上崖頂，可是，小小的信鴿怎可能叼起大大的毛毛呢！

小信鴿説：「毛毛，你別害怕，我馬上回去找你爸爸媽媽來救你。」

毛毛說：「你認得回家的路嗎？」

小信鴿說：「當然認得。我們信鴿的記憶力和辨別方向的能力都很好呢，不管離家多遠，都能找到回去的路。在很久很久以前，沒有郵差叔叔，也沒有電話，人們都請我們幫忙送信呢！」

小信鴿很快飛回家，帶來了熊爸爸熊媽媽，把毛毛從山崖下面救了上來。

鴿子一般在樹上棲息，以水果和種子為主食。不同種類的鴿子的顏色差別很大，一般街上的鴿子是灰灰白白的，而印度太平洋區的果鴿則是五彩繽紛的。古時因缺少專門的郵差，所以只有利用飛鴿來幫人們傳遞消息，因此稱為「飛鴿傳書」。

理解故事

聽完故事後，請爸媽與孩子說一說有關故事的內容：

- 小熊毛毛和小信鴿一起前往哪裏？

- 小熊毛毛是怎樣受傷的？

- 小信鴿用什麼方法拯救小熊毛毛呢？

- 為什麼小信鴿懂得回家的路呢？

親子談心

請爸媽與孩子談一談對本故事的一些感受和啟發：

- 你喜歡登山嗎？登山時要注意什麼？

- 小熊毛毛可以怎樣避免意外呢？

- 你喜歡小信鴿嗎？為什麼？

心靈加油站

- 到郊外遊玩時，要留意自己的安全，以免家人和朋友擔心。

- 面對危難時，要冷靜思考，才有機會解決問題。

睡前遊戲

古代有飛鴿傳書，現代則只須一枚郵票就有郵差送信。與孩子一起瀏覽「香港郵票策劃及拓展處」的網站，一起欣賞香港發行的郵票。如孩子有興趣，可協助孩子寫一封信給自己、同學、朋友或家人。「香港郵票策劃及拓展處」的網址如下：

http://www.hongkongpoststamps.hk/chi/stamps/

stamps_issuing_programme/index.htm

神奇鉛筆

請用智能手機掃描下面的 QR code 聆聽故事。

粵語
講故事

粵語
朗讀故事

猜測故事

聆聽故事前，請爸媽與孩子從本頁的故事名和插圖，猜一猜故事的內容：

• 小兔子在做什麼？

• 神奇鉛筆有什麼用途？小兔子用它來做什麼呢？

文：利倚恩
圖：伍中仁

神奇鉛筆

中秋節快到了，兔老師教小兔們寫「中秋」兩個字。

小兔波波覺得中文字很難寫，他每次寫錯字，都要用橡皮擦擦掉，重新再寫。他最討厭寫字了。

下午，波波見到兔叔叔在大樹下表演魔術。他從帽子裏取出紅蘿蔔、小鴿子……兔叔叔的魔術很神奇，波波問：「你可以變出自動寫字的鉛筆嗎？」

兔叔叔呵呵地笑，對帽子說：「變！」然後，他從帽子裏取出一支筆桿是紅色的鉛筆，對波波說：「這是神奇鉛筆，送給你。」

波波高興地說：「謝謝你！」

回到家裏，波波馬上打開練習簿，拿着神奇鉛筆來寫字。奇妙的事情發生了，只見神奇鉛筆發出紅光，自動在練習簿上寫出「中秋」。

嘩！神奇鉛筆寫字又快又漂亮，而且不會寫錯字，真是太厲害了！

第二天，兔老師讓小兔們畫燈籠，還要他們在圖畫紙上寫下「中秋」。

　　波波用顏色筆畫好燈籠後，便拿出神奇鉛筆，準備寫字。兔老師說：「波波，你要用顏色筆在圖畫紙上寫字，不能用鉛筆哦！」

　　但是波波在家裏沒有練字，不懂得寫「中秋」，他現在後悔極了。

　　兔老師笑着說：「我再教你寫吧，回家要好好練字啊！」

　　波波點點頭，說：「我知道了。」

　　放學後，波波把神奇鉛筆還給兔叔叔。他決定要努力練字，不再偷懶了。

理解故事

聽完故事後，請爸媽與孩子說一說有關故事的內容：

- 為什麼小兔波波不喜歡寫字？
- 小兔波波請求兔叔叔送她什麼神奇的東西呢？
- 小兔波波用神奇鉛筆來做什麼？
- 為什麼小兔波波最終放棄了使用神奇鉛筆？

親子談心

請爸媽與孩子談一談對本故事的一些感受和啟發：

- 你覺得小兔波波用神奇鉛筆完成功課正確嗎？為什麼？
- 你喜歡寫字嗎？為什麼？
- 你會在中秋節做什麼？

知識加油站

中秋賞月這習俗由來已久，到了宋代更正式定名農曆八月十五日為「中秋節」。中秋節是祭拜月亮的日子，同日也是土地公的生日，一般人都懷着感謝天（月亮）和地（土地神）的心，來歡度這個節日。人們還會吃月餅、柚子，並與家人聚首一堂，以祈求「人月兩團圓」。

心靈加油站

- 自己的事自己做，才會越來越能幹、越來越獨立。
- 今天偷懶，明天就要作出補償，這是千真萬確的事情啊！

睡前遊戲

爸媽在孩子的手心或背脊寫一些他已學會的字，請孩子猜一猜是什麼字。如孩子有興趣，也可與爸媽交換角色來玩這個隱形鉛筆的遊戲。

喳喳和小蝴蝶

請用智能手機掃描下面的
QR code 聆聽故事。

粵語
講故事

粵語
朗讀故事

猜測故事

聆聽故事前，請爸媽與孩子從本頁的故事名和插圖，猜一猜故事的內容：

• 圖畫中有什麼動物？小蝴蝶在哪裏？

• 誰是喳喳呢？喳喳和小蝴蝶有什麼關係？

• 你聽過小鳥唱歌嗎？是怎樣的呢？

文：馬翠蘿
圖：伍中仁

喳喳和小蝴蝶

　　有一隻小鳥叫喳喳。一天，喳喳正站在樹枝上唱歌，忽然看見一條小蟲蟲爬過來。喳喳問：「你是誰呀？」

　　小蟲蟲說：「我是蝴蝶。」

　　喳喳睜大眼睛，說：「你騙人！蝴蝶有漂亮的翅膀，你有嗎？蝴蝶會飛，你會嗎？」

　　小蟲蟲說：「我是小時候的蝴蝶。我長大了，就會長出翅膀，就會飛了。」

喳喳很想知道，這條醜醜的小蟲蟲是怎樣變成漂亮的蝴蝶的。於是，他一有空就站在樹枝上，看着小蟲蟲從這一片樹葉，爬到另一片樹葉。

有一天，小蟲蟲吐出細細的銀絲，在葉子上編織了一塊厚厚的墊子，然後躺在上面，一動不動了。

喳喳每天都去看小蟲蟲，擔心他餓了，又擔心他着涼了。這天晚上，天上颳起風，接着又下起大雨，風把樹枝吹得搖搖晃晃，雨把樹葉打得啪啦啪啦響。喳喳擔心小蟲蟲被雨淋病了，便撐了一把小傘，擋在小蟲蟲上面。

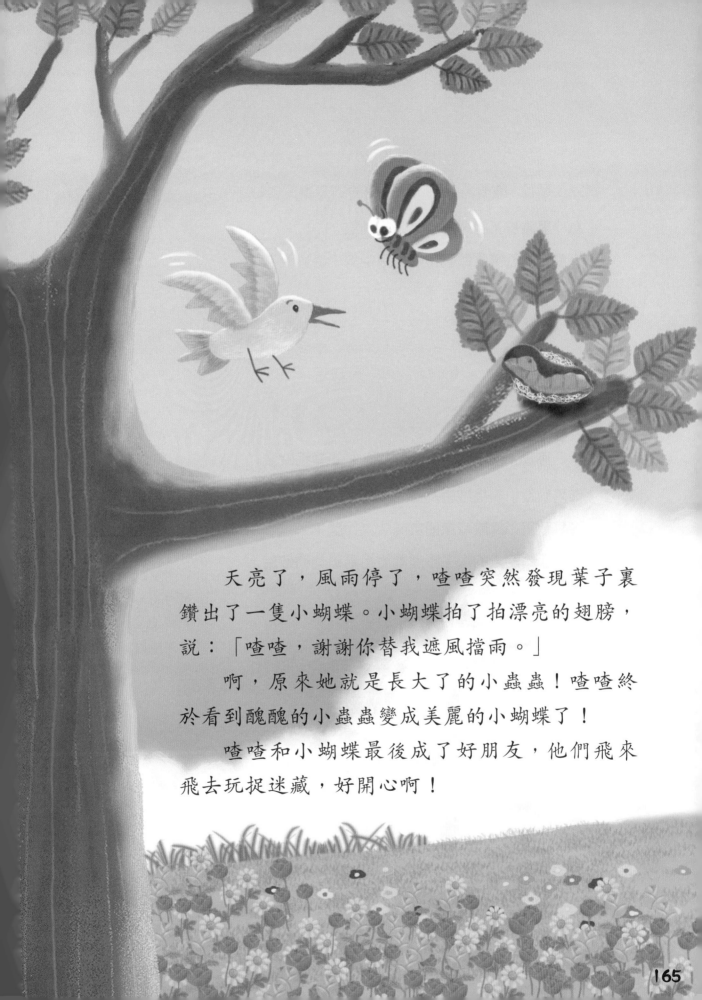

　　天亮了，風雨停了，喳喳突然發現葉子裏
鑽出了一隻小蝴蝶。小蝴蝶拍了拍漂亮的翅膀，
說：「喳喳，謝謝你替我遮風擋雨。」

　　啊，原來她就是長大了的小蟲蟲！喳喳終
於看到醜醜的小蟲蟲變成美麗的小蝴蝶了！

　　喳喳和小蝴蝶最後成了好朋友，他們飛來
飛去玩捉迷藏，好開心啊！

理解故事

聽完故事後，請爸媽與孩子說一說有關故事的內容：

- 為什麼喳喳不相信小蟲蟲是小蝴蝶？
- 小鳥喳喳怎樣照顧躺在銀絲線中的小蟲蟲呢？
- 為何小蟲蟲最後不見了？

親子談心

請爸媽與孩子談一談對本故事的一些感受和啟發：

- 你喜歡跟小蟲蟲做朋友嗎？為什麼？
- 你喜歡跟小鳥喳喳做朋友嗎？為什麼？
- 你會因為別人的樣子不美麗而拒絕跟他們做朋友嗎？為什麼？
- 你有什麼好朋友？你會怎麼照顧他們？

知識加油站

- 毛蟲是蝴蝶或蛾的幼蟲，主要吃植物。經過稱為「完全變態」的蛻變過程，毛蟲會破蛹而出，變成全新面貌的成蟲。
- 蝴蝶有纖細的身體、寬闊的翅膀、長觸角和兩隻大複眼。牠們有吸管式的口器，用於吸食花蜜。

心靈加油站

- 朋友應該互相照顧、互相幫忙，這樣才稱得上是好朋友啊！
- 毛蟲可以蛻變成蝴蝶，人們只要努力，也可以蛻變成更好的自己。

睡前遊戲

用被子或毛巾包裹孩子，請孩子模擬毛毛蟲在牀上慢慢蠕動。

森林裏最亮的燈

請用智能手機掃描下面的
QR code 聆聽故事。

粵語
講故事

粵語
朗讀故事

猜測故事

聆聽故事前，請爸媽與孩子從本頁的故事名和插圖，猜一猜故事的內容：

- 圖畫中的場景是什麼地方呢？

- 花朵們看到的是什麼昆蟲呢？誰是森林裏最亮的燈呢？

文：馬翠蘿
圖：伍中仁

森林裏最亮的燈

　　有一隻小小的螢火蟲名叫亮亮，他一出生就住在森林裏。

　　亮亮是個樂於助人的孩子，他每天晚上都會飛來飛去，用尾巴上的小燈給小花小草照明。小花小草都很喜歡亮亮，把他叫做「世界上最亮的燈」。

有一次，亮亮飛到森林深處一間小屋子裏，見到桌上擺着一盞油燈，一個小朋友正在燈下做功課。亮亮很驚訝，原來世界上還有比他亮的燈呢！

　　亮亮問：「油燈哥哥，你是世界上最亮的燈嗎？」

　　油燈笑着説：「不是，還有比我更亮的呢！」

螢火蟲很想看一下世界上最亮的燈。他飛呀飛呀，飛到山腳下一間小屋子裏。小屋子的天花板中間吊着一盞電燈，照得屋裏亮堂堂的。

　　亮亮問：「電燈哥哥，你是世界上最亮的燈嗎？」

　　電燈笑着説：「不是，還有比我更亮的呢！」

螢火蟲又再飛呀飛，飛到了大城市一家酒店的大堂裏。那裏掛着一盞大吊燈，把寬敞的大堂照得像白天一樣明亮。

螢火蟲問：「大吊燈哥哥，你是世界上最亮的燈嗎？」

大吊燈笑着說：「不是，還有比我更亮的呢！」

螢火蟲決定不再去找最亮的燈了。因為他知道，這世界上有太多很亮很亮的燈，是看也看不完的。

他想，還是趕快回去給小花小草照明吧！他知道，在小花小草的心目中，他永遠是「最亮的燈」。

理解故事

聽完故事後，請爸媽與孩子說一說有關故事的內容：

- 小花小草為何稱螢火蟲亮亮為「世界上最亮的燈」？
- 螢火蟲亮亮能與油燈哥哥、電燈哥哥和大吊燈哥哥比拼嗎？
- 螢火蟲亮亮為何返回小花小草那兒？

親子談心

請爸媽與孩子談一談對本故事的一些感受和啟發：

- 螢火蟲亮亮沒有因為自己不是「世界上最亮的燈」而傷心，為什麼呢？
- 你喜歡螢火蟲嗎？你見過螢火蟲嗎？
- 你喜歡燈嗎？你晚上睡覺時會關燈嗎？

睡前遊戲

在孩子的房間點燃一些小蠟燭，然後關上房燈，請孩子躺在牀上，在閃爍的火光中入睡。

猜車子遊戲

請用智能手機掃描下面的 QR code 聆聽故事。

粵語
講故事

粵語
朗讀故事

猜測故事

聆聽故事前，請爸媽與孩子從本頁的故事名和插圖，猜一猜故事的內容：

• 圖畫中的交通工具是什麼呢？他們為什麼喬裝打扮呢？

• 你喜歡什麼交通工具？你乘搭過什麼交通工具？

文：麥曉帆
圖：立雄

猜車子遊戲

車子王國舉行化裝舞會，各種各樣的車子都來參加。因為大家都穿上了五花八門的衣服，戴上了設計奇特的帽子，所以誰也看不到誰的模樣。

有車子提議道：「嘿，不如我們來玩猜車子遊戲好不好？」

「贊成！贊成！」所有車子都很樂意參加這個遊戲。

「大家猜猜我是什麼車？」一輛車子說，「紅紅顏色塗全身，頭上頂着一盞燈。只要給我一點錢，我就到處去載人。」

大家猜到了，一起喊道：「你是的士！」

另一輛車子說：「專為市民來代步，身上印着大廣告。不但腳踏六個輪，而且還有兩層高。」

大家又猜到了，一起喊道：「你是雙層巴士！」

又一輛車子說：「我是車中大力士，天天拉着大鐵箱。沉重貨物隨便放，不怕辛苦路途長。」

大家也猜到了，一起喊道：「貨櫃車，你是貨櫃車！」

再有一輛車子說：「我身穿着白衣裳，為救病人日夜忙。每次出門一路響，所有車輛都要讓。」

大家還是猜到了，一起喊道：「你是救護車！」

「這次你們肯定猜不到！」一輛車子跑出來說，「我只准許一人坐，道路多窄都能過。就算沒油都能跑，就是害怕上斜坡。」

車子們你看看我，我看看你，大家都猜不出來。

「嘻嘻，猜不到吧？」那輛車子十分得意，她把寬大的外衣脫了下來。

「哦，是自行車！」大家齊聲喊了起來。

理解故事

聽完故事後，請爸媽與孩子說一說有關故事的內容：

- 的士的行車路線是怎樣的？
- 巴士是怎樣的？
- 貨車有什麼專長？
- 為什麼其他車子都會讓路予救護車？
- 自行車依靠什麼燃料行駛？

知識加油站

乘搭公共交通工具時的安全守則：

- 請小心梯級及空隙。
- 請緊握扶手。
- 請繫上安全帶。
- 請勿靠近車門或出口。

親子談心

請爸媽與孩子談一談對本故事的一些感受和啟發：

- 你知道怎樣安全地乘搭公共交通工具嗎？
- 你知道怎樣有禮地乘搭公共交通工具嗎？
- 你在公共交通工具上曾遇過特別的事情呢？當時的情況是怎樣的？

心靈加油站

- 乘車禮儀第一式：排排隊，守規矩。
- 乘車禮儀第二式：讓座位，顯愛心。
- 乘車禮儀第三式：小聲說，小聲笑。

睡前遊戲

請爸媽與孩子一起玩駕駛汽車的模擬遊戲：孩子扮演司機，媽媽扮演乘客，爸爸扮演的士、小巴或巴士（可選孩子熟悉的公共交通工具）。三人依次坐在牀上，孩子模擬駕駛汽車，接載媽媽到目的地，爸爸則配合孩子駕駛的方向擺動身體（車身）。

小猴子打拍子

請用智能手機掃描下面的 QR code 聆聽故事。

粵語
講故事

粵語
朗讀故事

猜測故事

聆聽故事前，請爸媽與孩子從本頁的故事名和插圖，猜一猜故事的內容：

- 圖畫中有什麼動物？他們在做什麼？

- 為什麼小猴子獨個兒坐在地上？小猴子有什麼本領？

文：麥曉帆
圖：Elaine-Arche Workshop

小猴子打拍子

　　動物王國要舉辦音樂會了！一羣小動物決定組成一隊樂隊，在音樂會上表演。小象演奏小提琴，小狗負責唱歌，小牛負責彈結他，小貓負責吹喇叭，而小豬則負責彈鋼琴。

　　小猴子也想加入，但是他什麼樂器都不會，所以只好坐在一旁看。

是時候排練了，動物們都拿着樂器各就各位。不過當他們一開始演奏，整個樂隊便亂作一團：雖然他們的演奏技巧很出色，但由於各自的音調有高有低，節奏也有快有慢，所以聽起來亂七八糟的，一點兒也不好聽。

　　他們都不知道怎麼才好，就在這時候……

「叮！叮！叮！」一連串清脆的響聲把大家的注意力引了過去。

只見小猴子用筷子敲着一隻水杯，一下一下地敲着拍子。

動物們見了，立即跟着小猴子的拍子來演奏，大家互相配合，成功地奏出了一首動聽的樂曲！

動物王國音樂會

　　演奏完畢，大家高興地圍着小猴子，為他歡呼叫好。小動物們都熱情邀請小猴子加入樂隊，因為只有他才能讓各種樂器互相配合，交織出美妙的樂韻。

　　小猴子很樂意地加入了樂隊，他和伙伴們一起合作，還贏得了音樂會的冠軍呢！

理解故事

聽完故事後，請爸媽與孩子說一說有關故事的內容：

- 小象、小狗、小牛、小貓和小豬分別有什麼本領？
- 為何小動物們各自的音樂技巧高超，卻沒法合作呢？
- 小猴子有什麼本領？
- 小動物們怎樣取得動物王國音樂會的冠軍呢？

親子談心

請爸媽與孩子談一談對本故事的一些感受和啟發：

- 你喜歡故事中哪隻小動物？為什麼？
- 你喜歡演奏樂器嗎？你會演奏什麼樂器？
- 你喜歡唱歌嗎？你會唱什麼歌？
- 你曾經和同學合奏音樂嗎？當時的情況是怎樣的呢？

指揮家必須具備以下基本能力：

- 能默記整篇樂譜。
- 樂團演奏時，能正確分辨出各種樂器的不同音調。
- 能領導樂團所有專業樂師進行準確的演奏。

如果能兼備優良的音樂理解能力和藝術感染力，那就更好了。

心靈加油站

- 合奏時，自各各自精彩不成事。於團體工作時，也是同一道理，分工、合作、交流，才能把工作做好。
- 有能力的，就別怕去當團體中的領袖啊！

睡前遊戲

預備一些輕鬆的音樂，與孩子輪流模擬指揮家，閉上眼睛，感受音樂，然後隨着音樂擺動雙手。

小象不笨

請用智能手機掃描下面的 QR code 聆聽故事。

粵語
講故事

粵語
朗讀故事

猜測故事

聆聽故事前，請爸媽與孩子從本頁的故事名和插圖，猜一猜故事的內容：

• 圖畫中有什麼小動物呢？

• 小動物們在做什麼呢？

• 小動物們很喜歡小象嗎？有誰曾經說過小象很笨嗎？

文：麥曉帆
圖：Paper Li

小象不笨

動物小鎮裏有一隻小象。小象身形又高又胖，還長了一根長長的鼻子，其他小動物都喜歡取笑他，把他叫做「笨笨」。

小鹿説：「笨笨，你這麼胖，走路一定慢得像螞蟻。」

小兔説：「笨笨，你的鼻子怎麼這樣長呀？你一定很愛説謊。」

小象聽了很不開心，哭着回到家裏。象媽媽對他説：「不要難過，有些事情在別人看來是缺點，但對我們來説可能是優點呢！」

小象聽後點點頭，不再哭了。

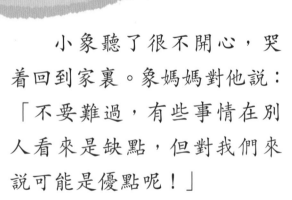

　　過了幾天，動物們在
小牛家裏開生日會，沒想到，
小牛不小心把一枝燃燒着的蠟燭碰
倒了，燒着了屋子裏的一堆乾草，火
「呼」的一聲燒了起來。

　　「着火了！着火了！」動物們邊喊邊
往屋外逃。

　　一部分動物成功逃離了，但有些動物
卻被困在屋子裏。因為大火把通往大門的
　　　　　通道擋住了！

　　小兔站在屋外，着急地說：「哎呀！小貓和小羊被困在廚房裏了，怎麼辦？」

　　在旁的小象聽到小兔的話，二話不說就走到靠近廚房的地方，用自己高大的身體往牆壁一撞，撞穿了一個大洞，讓小貓和小羊逃了出來。

　　小鹿又叫道：「哎呀！還有小雞沒逃出來呢，他被困在二樓，怎麼辦？」

　　小象聽了，立即把長鼻子伸進二樓窗口，把小雞救了出來。

當知道大家都安全後，小象跑到湖邊，用鼻子吸了很多水，跑回來向屋子噴去，把火撲滅了。

大家都很感激小象，從此再也不叫他笨笨了。

理解故事

聽完故事後，請爸媽與孩子說一說有關故事的內容：

- 為什麼小動物們起初都取笑小象笨笨？

- 象媽媽怎樣安慰小象笨笨？

- 小象笨笨怎樣將自己的缺點變成自己的優點來救小動物們？

- 小象笨笨怎樣撲滅火災？

親子談心

請爸媽與孩子談一談對本故事的一些感受和啟發：

- 你會取笑像小象笨笨的同學或朋友嗎？這樣做正確嗎？為什麼？

- 你喜歡小象笨笨嗎？為什麼？

- 你覺得自己是一個怎樣的孩子？你有什麼做得好的地方？有什麼做得不好的地方？

心靈加油站

- 取笑別人，不單令別人當刻很難受，還會在他的心裏留下一道疤痕。

- 你接納和包容朋友，朋友也會接納和包容你。

睡前遊戲

預備一些吸管、一把剪刀和一卷膠紙，協助孩子把吸管剪成不同的長度，然後由長至短排列吸管，並用膠紙固定在一起，自製吸管樂器便完成了。把吸管樂器放在嘴邊吹氣，看看能否吹出好聽的音樂。記着不是含着吸管吹氣啊！

親子晚安故事集 1

編　　著：新雅編輯室
故事撰寫：馬翠蘿　麥曉帆　利倚恩
繪　　圖：靜宜　美心　陳子沖　麻生圭　伍中仁
　　　　　立雄　Elaine-Arche Workshop　Paper Li
責任編輯：黃花窗
美術設計：李成宇
出　　版：新雅文化事業有限公司
　　　　　香港英皇道499號北角工業大廈18樓
　　　　　電話：（852）2138 7998
　　　　　傳真：（852）2597 4003
　　　　　網址：http://www.sunya.com.hk
　　　　　電郵：marketing@sunya.com.hk
發　　行：香港聯合書刊物流有限公司
　　　　　香港荃灣德士古道220-248號荃灣工業中心16樓
　　　　　電話：（852）2150 2100　傳真：（852）2407 3062
　　　　　電郵：info@suplogistics.com.hk
印　　刷：中華商務彩色印刷有限公司
　　　　　香港新界大埔汀麗路36號
版　　次：二〇一七年四月初版
　　　　　二〇二四年三月第九次印刷

ISBN: 978-962-08-6770-5